楊梅《やまもも》の熟れる頃

TOmiKo
Miyao

宮尾登美子

P+D
BOOKS
小学館

目次

おきみさんと司牡丹

高知駅から西行きの土讃《どさん》線に乗ると、急行ならおよそ三十分で山紫水明といわれる佐川《さかわ》盆地に着く。

町の姿は白魚のくねったように細長く彎曲《わんきょく》しているが、ここは四国山脈に分け入って松山方面へ向う分岐点となっているばかりでなく、高知市よりやや遅い桜の名所としても名高く、それに何より、十一月末から師走にかけて町全体すっぽりと、得《え》もいえぬ芳香に包まれるといううれしいことがある。

それはこの町に古くから「司牡丹《つかさぼたん》」という銘酒の造り酒屋があるためで、酒のもろみが熟成する頃になると、芳醇《ほうじゅん》な香は工場の白壁の蔵塀から溢《あふ》れて町中に満ち、風に乗って遠く四方に拡がって行く。それは下戸でさえ恍惚《こうこつ》の仙境へいざなわれるようによい気分になり、おいしさ甘さはどっぷりと体の芯《しん》にまで浸《し》みこんでくる。ときには高知市の西郊外あたりでもこの香を聞くことがあり、そうするとああ、司牡丹の仕込みか、と気づき、そんならもう正月が近い、という季節の感慨を持つという。

毎年十月一日になると、おきみさんは着替えを入れたボストンバッグを抱え、いそいそと高知駅から佐川行きの切符を買う。急行なら煙草三本ほどゆっくり喫《す》えばすぐ着いてしまうので、わざと鈍行に乗り窓にもたれて見馴《みな》れた景色をかっきりと眺めながら、一駅一駅佐川へ近づいてゆくという、その心のときめきを楽しむのである。

去年は伊野《いの》の駅にコスモスが満開やった、おととしは日下《くさか》駅に着いたときご神祭の神楽囃子《ばやし》を聞いた、とひとつひとつ記憶を手繰っているのははやる気持を抑えるためで、それはまた、今年ひょっと恒《つね》さんに会えなかった場合の落胆を最小限にくいとめるための自分なりの努力でもあった。

佐川の町には駅が二つあり、土讃線はここで大きくカーヴしているので、方角は反対だがさきに西佐川駅に止まり、つぎに佐川の本駅に着く。網棚からバッグをおろし、小さな本駅に降り立つとおきみさんはまず大きく深呼吸する。酒の仕込みは今日からだから、まだ例のおいしい匂いは立っているはずもないが、馴れると気のせいか駅舎の柱から店の看板、道の辺の小石にまで酒の香が染みとおっているように思え、何となく心が弾んでくるのである。

ここ十年のあいだに町の本通りはずい分新しくなったけれど、裏通りは昔とほとんど変らず、線路に沿ってあと戻りする道のわきにはそろそろ赤くなろうとする柿や、道を塞《ふさ》いでいるいのこずちや、黒くなった朝顔のつるなどがはびこり、そこを抜けて本通りに出、司牡丹工場の高い蔵塀の漆喰《しっくい》の白壁を見たとき、おきみさんはいつもながらほっとした感じを持つのであった。

いつもおきみさんは表門から決して入らず、この白壁のわきのくぐりをそっと開けるのだが、そうするとまもなく始まる仕込みのお祓《はら》いの祭壇のうしろに出ることになり、烏帽子《えぼし》姿の神主さんや、例年どおり広島からやって来た一団の季節工が入り乱れて挨拶を交わしている場に行き会わしてしまう。その人波のなかに、肩幅の広いがっちりした体格の恒さんを見つけたときの安堵《あんど》はほんとうに涙の出るおもいで、おきみさんはその後姿に向って今年はそっと、「十一年目」とつぶやいて指を折った。

今日から酒の出来上る五月までの八ヶ月のあいだ、恒さんは広島の仲間とともに蔵《くら》びとさんと呼ばれてここで働き、おきみさんはその賄いを引き受けるのだが、二人とも労働はきつくてゆっくり話などするひまもない。

何しろ蔵びとさんは棟梁《とうりょう》の杜氏《とうじ》さんに従って朝は五時から起き、ときにはこうじ桶《おけ》の上で寝たり真冬でも室温二十八度もあるなかで裸でこうじを作らねばならず、それに伴って二百人以上の従業員の朝食七時、昼食十一時、おやつ四時、夕食七時半とおきみさんも目の廻るような忙しさ、毎日後片づけを終るとぐったりしてしまう。この工場は近代化する個所はしても、古いしきたりはそのまま残しており、従業員はいまだに囲炉裏のまわりで各自膳箱で食事するだけに賄い方の気づかいもそれなりに大へんである。

おきみさんがこの司牡丹で働き始めたのはたしか昭和三十七年の秋からで、きっかけは酒の匂いに招き寄せられた、と自分でいう。

生家は佐川の町はずれで昔から両親が小さな食堂を営んでいたが、おきみさんの酒好きはこのせいもあっただろうか。小さいとき父親のひざに抱かれ、膳の上の飲み残しのコップ酒を飲ませられたとき、とたんに天井が廻りだし、それっきり判らなくなってしまったのが酒との出会いだったけれど、覚めてのちその舌ざわりの形容しがたい味を思い出し、子供心にあれは魔法のジュースだと思った。辛くて、苦くて、舌が火傷《やけど》するようで、そのくせ何故《なぜ》かもすこし飲みたいような、と思ったが、さすがに子供の頃は自分から口にはせず、ただ店の板場に牡丹の花の商標の一升罎《びん》が並んでいるのを見ると何となくうれしくなってくるような感じはあった。

佐川の町の子供は乳がわりに司牡丹の香で育つといわれるが、おきみさんもまたものごころついた頃から、秋になるのを待ちかねるように、この酒の香が好きだった。学校の行きかえり、一陣の風とともに、米がこうじに変り、それがただの水を酒というふしぎなものに育ててゆく神秘的な匂いが吹き寄せられてくるとき、おきみさんは思わず立ちどまり、大きく息を吸っては「ああ、いいきもち」と感じたものだった。考えてみればこの頃から潜在的に、四六時中酒の芳醇な香に浸っていたい願望を抱いていたものだろうか。

おきみさんが佐川の町の高校二年のとき、店が左前になって両親は別れ、悲しいことに一家は散り散りになってしまったが、このときからおきみさんの流浪が始まるのである。最初の職業におきみさんが高知の赤提灯《あかちょうちん》を選んだのはやはり生家の家業と関《かか》わりのある気やすさだったろうが、他人の飯には骨があるというとおり、それからのちの女一人の世渡りは決して生やさしくはなかった。

男に捨てられ、騙《だま》され、ときには浦戸《うらど》湾に身を投げて死にたいと思ったこともいく度かあったが、そんなときふとコップ酒を呷《あお》るとたちまち目の前が開け、気が大きくなって、

「どう送ったたち、あたし一人の人生じゃ。誰に気兼ねがいるもんか」

と思えてまた生きる望みも湧《わ》いてくる。父親はよく、

「酒だけはケチケチするな。うちの町にゃおらの大きな酒蔵があらあ」

と酔っ払って放言していたが、酒が入ればただちに気宇壮大となる気質は父親から受けついだものであろう。

おきみさんの酒は陽気で笑い上戸、ピッチが早く、目の前に桃色の瑞雲《ずいうん》たなびく気分に到達するといつも決ってよさこいが出、これは朗々たる美声で、

〽あたしゃ色黒黒潮育ち
　潮吹く鯨《くじら》の親戚《しんせき》じゃ

と日頃から客に揶揄《やゆ》される色黒の肌を、景気よく二の腕までまくり上げてうたうのである。

毎年東の赤岡の浜で行なわれる酒の飲みくらべ大会に飛び入りで出場し、直径五十センチもある朱盃《しゆはい》になみなみと一升注《つ》がせ、それをいち早く飲み干して優勝したのは、おきみさんが三十歳の頃だった。おきみさんの半生で三十歳前後がいちばん酒が強く、この頃は土佐名物の古代塗の大盆に注げるだけ酒を注がせて、ゆらゆらするのを両手で曲芸のように支えながら一息に呷る芸を覚えて喝采《かつさい》を浴びたものだった。

男より酒が好き、酒も並の酒ではいかん、佐川の町の司牡丹の、それも金の鳳凰《ほうおう》のラベルの「金鳳《きんぽう》司牡丹」じゃ、と飲んだくれていたおきみさんが一念発起して深酒を断ち、司牡丹の工場へやって来たのは三十五の年で、それは本人のいうとおり、秋風とともに一町すっぽり被《おお》うあの故郷の酒の香をなつかしんでのことかもしれなかった。

おきみさんの好きな司牡丹の歴史は古く、いまから三百六十余年の昔、山内一豊《やまのうちかずとよ》が土佐に封ぜられたとき、首席家老の深尾和泉守《ふかおいずみのかみ》をこの佐川の領主に任じたことから始まっている。和泉守酒豪の聞え高く、着任早々まず土佐の地酒を嘗《な》めてみて蛮味じゃ、といい、さっそくもとの領地静岡の掛川から御酒屋《ごしゆや》という造り酒屋五軒を招き、ここで酒を作らせたのがこんにちまで伝わっているのだという。

いま司牡丹は、播州《ばんしゆう》米の山田錦《やまだにしき》に水は町を貫流する清流仁淀《によど》川の極軟水を用い、全国行脚で軟水仕込みの杜氏を広島に見つけ、その人たちの一団をずっとこんにちまで季節工として一年の半分以上をこちらに招いているのであった。

司牡丹と命名したのは大正七年、五軒の酒屋が合同して会社組織にしたとき、佐川町出身の宮内大臣田中光顕《みつあき》伯が「牡丹は百花の王、さらに牡丹のなかの司たるべし」とこの名を選んでくれたのだという。そのとき少し名前が長すぎはしないかと懸念され、恐る恐る申し上げたところ伯は笑って「石川五右衛門をみなさい。長くても有名になれば覚えてもらえる」といったという話が残っており、おきみさんはこの話が何となく気に入って、会う人ごとに名の由来を話したものだった。

司牡丹の味は一般にいう辛口の部類に入るが、案外に淡白なところがあるとおきみさんはいつも思う。これは、土佐の魚がカツオ、マグロなど脂ののったものが多い関係から、合いくちとしてあっさり作られてあり、従っていくらでも飲めるのだと子供の頃聞いたことがある。おきみさんが人から「鱶《ふか》」とあだ名をつけられ、なんぼ飲んでも酔わぬ、と呆《あき》れられるのも司牡丹だけであって、これが他の濃密な日本酒ならすぐ悪酔いすると思い込んで自分から敬遠するところがある。

おきみさんが最初司牡丹を訪れたとき、古くから帳場をやっている明神さんという年配の人が出て来て、

「ああ、お前《まえ》が昔のあのマルヤ食堂の娘さんかね」

となつかしそうにいい、亡くなった両親の話を聞いてくれたあと、酒にかかわるニュースとして、

「四、五年前飲みくらべ大会で昔のマルヤの娘が優勝したと聞いたが」

とおぼえていてくれたことにおきみさんはすっかりいい気になり、胸を叩いて、

「恥かしながら色の黒さと酒の強さは誰っちゃあに負けません」

といっておいて、小さな声になり、

「けんど、いまは大分つつしんじょります」

とつけ加えた。

明神さんは昔のよしみでその場でおきみさんを雇ってくれたが、二十人の賄婦のうち、おきみさんを除いては皆通いだったから、おきみさんも蔵びとさんたちと同様、やはり季節労務者であった。

最初の年、おきみさんは台所でじゃがいもの皮を剝《む》きながら、工場から流れてくるうるおいのあるのびやかな歌声を聞いた。この工場で歌声は決して珍しくはなく、蔵びとさんたちはもろみ桶を掻《か》き廻しながら、水汲《みずく》み唄を一番から十番まで高らかにうたうのが慣習になっており、それぞれによい咽喉《のど》を持っているが、今日のこの歌声は妙に心に染みる、とおきみさんは思った。

悲しいようで力づよく、朗らかなようでいてどこかあわれなその声は、おきみさんの胸の底まで落ち込んでゆき、翌日、おきみさんは白い割烹着《かっぽうぎ》を着たまま工場をのぞきに行った。歌声の主は紺の仕込み袢纏《ばんてん》を着た人で眉一文字に濃く、一見歌などうたいそうもないような堅物に見えた。

恒さんはこの道に長い経験を持っている人で、杜氏に次いで舌の効く人といわれており、恒さんが嘗めたこうじ床の具合はいつもよい出来だという。おきみさんは恒さんの咽喉にすっかり惚《ほ》れ込んでしまい、もっと恒さんのことを知りたいと思うだけでなく、自分のよさこいも是非聞かせたいと思った。

その機会はなかなかやって来ず、やがてまもなく給料日が来て、その夜は町の飲み屋へ出かけてゆく人もあればパチンコ屋で遊ぶ人もあるなかで、恒さんは給料をそっくり為替に組み、故郷の家族へ送るのだという噂《うわさ》を炊事場の仲間の一人に聞いた。

詳しいことは判らないが、どうやら小児マヒによる体の不自由な子供がいるらしく、その子供の医療費に恒さんはこちらでの小づかいを切りつめて送金しているという。その話を聞いたとき、おきみさんは道理であの人の歌声は腹の底まで浸みわたる、と思った。思うと同時に恒さんが気の毒でかわいそうでたまらなくなり、一度二人でじっくり飲んで、ぜひ慰めてあげにゃ、と思うのであった。

酒の仕込みも、もろみの熟成する頃まではまるで戦場だが、そのあとしぼって火入れする頃になるといく分工場全体に気分の余裕も生れてくる。

盆地だから南国の高知県でも佐川の町の冬は寒いが、この季節を通り越して春を迎えると、工場のなかに「今年もよい酒できた」という安堵感が拡がり、全国一開花が早いという高知市孕《はらみ》の桜のたよりを聞けば、やがてまもなくめぐってくるこの佐川の町の花見どきが待たれるのであった。

おきみさんが恒さんにデートを申し込んで承諾してもらったのはこの夜桜見物のときで、工場を挙げて青源寺《せいげん》の境内の花見にくり出したあと、駅前の縄のれんのテーブルに二人だけで向いあった。おきみさんは、

「恒さんの作ったお酒や。お金出して飲むのも乙なもんやねえ」

とまず盃《さかずき》をさした。

土佐の酒の作法は「お流れ頂戴《ちようだい》」でなく、「ご献盃《けんばい》」がふつうであって、さされた盃は必ずもとの人になみなみ注いで返さなければならぬ。さした盃を受け取ってもらえず、別の人にまわすと「振り盃を受けるのは恥辱」とばかり大げんかになることもあり、盃のやりとりはなかなかにむずかしい。おきみさんの飲みざかりの頃は、酒の肴《さかな》などはタクアンの切れっぱしでも何でもよかったが、年とるに従って酒の口に合うものを欲しいと思うようになり、この頃は土

佐名産うるめがいちばん適していると思う。

うるめにも種類があって、頭からしっぽまで全部食べられるホタレいわしや脂の少ないヒラゴいわし、銀いろにたてしぼの入ったまうるめなどさまざまだが、司牡丹はやや脂ののったまうるめだといっそう酒の味をひきたたせてくれるように思い、今夜もおきみさんはそれを恒さんに、

「うるめは一月がいちばん味がええけんどね」

などと講釈しながらさかんにすすめた。

恒さんはごく静かな酒で、黙ってうなずきながらおきみさんの盃を受けるだけで自分からは何も話そうとはしないが、それでいて決して不愉快とは思っていないらしい様子におきみさんは安心し、酒が一しきりまわった頃を見計らってバッグから封筒をとり出してテーブルの上に置いた。

「ねえ恒さん、これはあたしの虎の子の貯金じゃけんど、よかったら子供さんの医者代に使《つこ》うてくれん？　人の話じゃずい分お金がかかりよるそうやけんど、このお金役立ててくれたらあたしもうれしい」

というと、恒さんは持っていた盃を下に置いて、

「わしの子供のことがあんたに何の関わりがある？」

と問い返して目が鋭く光った。

おきみさんは酒も廻っていたし、それにこのことは恒さんの子供の話を聞いて以来、決心を固めていたことだったのであとへ引かず、

「そりゃ関わりというては何もありませんよ。何ものうてもかまんじゃないですか。私があげたいというお金じゃきに」

と強くいって封筒を前へ押しやるのへ、恒さんはずーっと突き返して来て、

「わしは人の恵みは受けけん。余計なさし出口は控えてもらいたい」

といい、おきみさんとしばらく押問答した挙句恒さんはすっと立ち上り、

「土佐の女はこれだからやり難《にく》い。わしのことなど放っておいてくれ」

というなり、懐から千円札を出してレジの上に置き、肩で縄のれんを分けて出て行った。残されたおきみさんは、その縄のれんの端が波打っているのを眺めていたが、それが次第にぼやけてくるのを払いのけるように、

「おじさん、お酒コップでどんどん持って来て」

と威勢よく注文し、

「おきみさん、ええかえ？　そんなに飲んで」

と声がかかるまで呷るのをやめなかった。

夜ふけの路上を、おきみさんはさすがにふらふらして、白壁の蔵塀を伝い歩きして戻りながら大声で節をつけ、

「恒さんよ、あんまりええカッコしなや。あたしが折角入れあげよと思う気持をふみにじってしもうて」

と果てもなく、

「きのうあたしゃねえ、一年ぶりでパーマもかけて来た、今晩は一張羅《いっちようら》も着て来たよ。土佐の女は嫌いじゃといわず、せめて情が深うてうれしいくらいのことはいうてくれたらどう？え？　恒さんよ」

と怨《うら》みの言葉を並べ続けるのであった。

花見どきとて首に桃色の手拭《てぬぐ》いを巻いた酔客が高歌放吟しながら町並みを右往左往しているなかで、おきみさんは元来陽気な酒だったからいつしかその酔客たちと合流し、例のよさこいを高らかにうたっているところへ迎えに来てくれたのは、意外なことに工場に帰りついているはずの恒さんだった。

おきみさんは酔眼をかっきり見張り、いく度もそれをこすって、

「え？　あたしを捜しまわったって？　そりゃほんと？」

と嬉しがり、礼をいおうと頭を下げるとあっちへよろけこっちへよろけするのを、恒さんは

手をのばしておきみさんの体を支え、そしてとうとう小柄なおきみさんを広い肩におぶって連れ戻ってくれたのだった。

あの晩、あたしは吉夢を見よったがじゃ、とおきみさんはそのあとくり返し恒さんの背なかのあたたかみを思った。昔別れた男の匂いのような、いや父親の胸のなかにいるような、いやあれはやっぱり正しく蔵びとの恒さんじゃった、紺の袢纏に酒の香が浸みついちょったもの、といく度も思って、翌朝起きるともう恒さんはいつものように工場で働いており、食事どきなどふとすれ違っても知らん顔して口もきかなかった。

恒さんは怒っちょるのやろか、と思いわずらい、そっとあの夜のバッグから通帳とハンコを入れた茶封筒をとり出すと、それはあの押問答をまざまざと証拠立てるように酒のしみが左肩に地図を描いており、同時に恒さんの「これだから土佐の女はやり難い」という言葉が耳によみがえってくる。土佐の女はみんなおせっかいだけれども気がよく、損得勘定ができないのはおきみさんの性格にも露《あら》わで、白い割烹着の胸を叩いて、

「あたしはここはきれいなもの」

それを恒さんに判ってもらいたい、とおきみさんは切に思うのであった。

この最初の出会いの年は、たったこれだけの付きあいで終ってしまい、蔵びとさんたちは六月一日、荷物をまとめて佐川駅から汽車に乗り故郷の広島へと帰って行った。おきみさんは仲

間の賄婦さんたちといっしょに駅まで送りに行き、帰りみちは全身の力が脱けたようにけだるくさびしかった。また来年も会えるわ、と思うことで自分を励まし、六月から九月末までを高知の町の赤提灯で働きながら過したが、秋の来るのがどれほど待ちどおしかったろうか。

さびしくてやりきれないときはうるめで司牡丹を飲みながら、

〽生れ故郷は佐川の町よ
　　司牡丹で育っちょる
とよさこい節でうたうと目の前に恒さんの顔が浮び上ってくる。

しかし翌年も翌々年も恒さんとの仲は進展せず、遠くから工場の歌声を聞くのがたのしみという日々で、ただ、最初の年のように夜桜見物の晩だけは二人であの縄のれんをくぐる習慣がついてしまったのは唯一のうれしさだった。

盃の中に揺れる自分の泣き顔を眺めながら、

「お互いに渡り鳥同士じゃもんねえ」

としみじみいうと、恒さんはぼそっと、

「どうってことはねえよ。これが身過ぎ世過ぎというものさ」

というだけで、おきみさんの心の奥をのぞいてくれようともせぬ。

ただ、毎年夜桜の喧噪《けんそう》の宴からそっと抜け出てこの縄のれんで待っていてくれる気持から推測すれば、まんざら自分を嫌ってもいまい、とおきみさんはそれだけを頼りに今日まで生きてきたような思いがする。離れて暮す年月、便りもなければまして電話もなく、ただ毎年十月一日、無事な恒さんの顔を見るのが無上の楽しみで、おきみさんはそれがくせの、今日もぽんぽんと帯の上を叩きながら、

「あの人の作った司牡丹を飲んでおりさえすりゃ、ちっともさびしゅうはないよ。あたしは土佐の女じゃもの」

と笑うのだった。

おときさんと得月楼

このところずっと早番のおときさんは、今朝も精進して早く起き、川向うの天満宮にお詣《まい》りしてのち昼前にはもうシャワーを浴び、化粧も済ませて鏡の前に立った。

着物は一季節で大体二十枚ほどのものをあれこれ取り換えて着るのだが、客商売だけにやはり織物よりははんなりとした染物の方が多い。今日はそのなかでお気に入りの梅の花模様の小紋を着、しゅうしゅうと泣くように鳴る博多帯をきゅっと結んで、もう一度髪を撫《な》でつけてから鏡の中の自分に話しかけた。

「あんた、こうやってしゃんとかまえるととても四十五とは見えんね。まだ彼氏の一人や二人おっても可笑《おか》しゅうはないよ。けんど六十五の婆さんと二十五の娘がおると知れたらたちまち年はばれてしまう。困ったもんや」

といいながら決してそれが困ったことでない証拠に、おときさんはにっこりと自分に笑いかけ、友禅の鏡掛けをおろしてさてこれから出かけるのである。

勤め先ははりまや町の得月楼《とくげつろう》。古い歴史をもつこの料亭に釜譜代《かまふだい》の使用人は珍しくはないが、おときさんの場合は親子三代にわたる仲居稼業である。浦戸《うらど》町のこのアパートから得月楼までほんの一足、ほんとうは裏門から入るのだけれどおときさんには二月いっぱい、毎日見ないではいられないものがある。

それは正面玄関の上の窓から往来に向って垂れている、「梅が上りました。どなたでもご自由にご覧下さい」と書いてある大きな垂れ幕を眺めるためで、おときさんはその垂れ幕が今日も如月《きさらぎ》の風にはためいているのを我が目で確かめると、何やら安心して玄関脇の帳場口から上ってゆく。

ここには三十人ほどの仲居の名札がかかっており、その赤字を黒字に返してのち仕度部屋に入り、自分のロッカーの戸を開けて愛用のビールの栓抜きを取り出してぐいと帯の間にはさみ込む。

これはおときさんの、いわば出陣に際しての唯一の武器であって、男ならさしずめ大小を佩《お》びるときの、身心改まった気持に通じるものというべきだろうか。この栓抜きは鉄製のごくありふれた品だけれど、もの持ちのよいおときさんはもう二十年来使っている。柄には守り神の象牙《ぞうげ》の大黒さんの根付けを下げてあり、それを帯の間からちょっと垂らすと歩くたびにちろちろと揺れるのがたのしい。

得月楼にはいまだに専属の芸者衆もいるので、仲居の仕事は料理を運ぶことと、客の注文を受けることだけでよく、今日の昼食の客の座敷に出るまえにおときさんはまず二階の大広間へ上って行く。

この広間は戦後再建されたもので、いまは百畳、天井板には土佐名物、日本三大美林の一つといわれる安芸《あき》郡やなせ杉の三十六尺一枚板を使ってあり、広間のまわり三方にはこの季節竹矢来を作り、ここに直径一メートルにも余る鉢に植えられた古木の梅がずらり三百鉢ほど並べられてある。梅が上りましたとはこのことで、本来ならこの盆梅はつぼみから散りぎわまでおよそ二ヶ月を保つのだが、暖房を入れると十日ほどですぐ咲いて散ってしまうので、この広間にだけは真冬でも暖房を入れない建前である。

盆梅には一つ一つ銘があり、名品「雪渓梅」の他に牡丹雪《ぼたんゆき》に似た「残雪」、紅も鮮やかな「李《り》夫人」、つぼみが逆さについている「紅払妓《こうふつぎ》」、幹が二つに裂けている「驪山宮《りざんきゅう》」その他「甘泉殿」「紅珊瑚《べにさんご》」「香炉峯《こうろほう》」「朝霞《あさがすみ》」「華厳《けごん》」「西施《せいし》」「筑紫香《つくしこう》」「暮雪」「羽衣」「小月瀬」など初代以来百年にわたって受け継がれてきた古梅がそのままに、今も花咲かせているのである。

おときさんは、毎日のことながらその梅鉢の端から端へ一つずつゆっくり眺め、この花々が寒さにめげず気品高く咲く姿にある感慨をおぼえつつ、それからやおら階段を降りて玄関脇の仲居の溜《たま》り場へ入ってゆく。ここは昔ながらに炭火の熾《おこ》った唐子《からこ》の大火鉢をまんなかに置いてあるが、予想していたように母親のお徳さんが今日ももうここに来て、掌《て》を二つ並べて火鉢で焙《あぶ》りながら坐っているのであった。

心のうちで「また来ちょる」とおときさんは呟《つぶや》くけれど、この頃は母親の気持も判るだけに出来るだけにこやかな顔で側へ行き、

「お母さん」

と呼びかけて、

「あんまり人の邪魔にならんようにしなさいよ」

というのは一つには周囲に対する気兼ねからでもある。

何しろお徳さんは、毎年梅が上るとその髪を黒々と染めて若がえり、まるで現役時代のように一張羅《いっちょうら》を着てここに坐りに来、この季節、昔からのしきたり通り仲居全員に支給される得月楼と染め抜いた赤い縮緬《ちりめん》の前掛けを欲しがり、それをもらうと嬉しそうに、

「あたしゃこれを集めるのが楽しみじゃきにね。今年でもう三十五枚になった」

とそれから必ず昔話になるのでおときさんはそばで聞いていてハラハラする。明らさまに
「もうここへ来なさんな。うちにおりなさい」といえないのは、お徳さんもまたおときさん同様お客のいない折を見計らって広間に上り、一つ一つの梅鉢をゆっくりと眺め上げ眺め下ろしながら端から端までねんごろに見て廻る、その胸の内が、いまのおときさんには痛いほどよく判るせいでもある。

この得月楼が開店したのは明治五年、最初陽暉楼《ようきろう》の看板を掲げたがその後明治十一年の秋、ここで観月の宴をはった谷干城《たにかんじょう》将軍は、西南戦争で勝利を収めたあとの精神の高揚をそのままに、筆をとって得月楼と命名し以後この名を使うようになったという。主《あるじ》は代々松岡寅八《とらはち》を名乗り、その後次第に発展して海岸通りに本店、はりまや町に中店、高知公園に花壇と三つの店を持つに至り、南海一の大楼とうたわれ、なかでも本店には一千人の宴会ができる二百三十畳の大広間、二千坪の庭園、地下トンネルなど話題を呼ぶものがたくさんあり、ここで働く人たちは芸者衆から庭番までを入れると三百を越す人数だったという。得月楼独特の風俗、文化があり、また、従業員はみな代々の寅八をお父さんと呼んで親しみ、まるで松岡一家という大家族のおもむきがあった。

大正四年生れのお徳さんがここに入ったきっかけは確かでないが、多分この界隈《かいわい》の女の子と同じように、家が近くだったせいでおちょぼから入り、まず座敷の掃除からしつけられてやがて仲居の地位に上ったものと思われ、つい先年六十三歳でここを正式に退職するまでおよそ五十年、得月楼の歴史と共に生きてきたわけで、その思い出はおそらく数え切れないほどあるだろうが、とくに戦前の隆盛だった得月楼のしきたりにはいまも限りない郷愁を持っているらしい。

お徳さんがおちょぼ時代についたのは、将軍というあだ名のある仲居頭のお仲さんで、この人の厳しさはあとから思い出しても身ぶるいが出るほどだという。毎日長い髪を自分でメガネに結い、木綿縞《もめんじま》の着物を裾短《すそみじ》かに着て、百以上もある部屋から部屋へ箒《ほうき》、はたき、雑巾《ぞうきん》を持って駈けずり廻り、そのあとからお仲さんに点検してもらうのだが、障子の桟をなでた指先に小《こ》埃《ぼこり》が残っていたり、敷居の隅に綿埃のようなゴミがたまっていたりするとたちどころにやり直しっ、という叱咤《しった》とともに掌をきつくつねり上げられる。

　板場から広間の宴会へお膳やお銚子《ちょうし》を運ぶのも一見やさしそうでいてそのくせなかなか技術が要り、両手を使っているために階段の上り下りに前垂れの端を踏みつけて転んだことは数知れず、そのたび這《は》いつくばって先輩や板前さんに謝らねばならなかったが、これを自分の仕事として暮していたお徳さんはさしてつらいとは思わなかった。

　一人前の仲居になってのち、お徳さんでなければならぬと店中から太鼓判を押されている仕事というのがあって、それは毎年秋口になると部屋中の火鉢を店におろして来て灰掃除をすることだった。腕の立つ仲居というのは、客を取らせるために芸者たちを泣かせなければならず、お徳さんはそういうあこぎな真似をしたくないために、こんな目立たない仕事に逃げていたということもあっただろうか。灰掃除は誰でも出来ることだけれど、お徳さんの掃除した火鉢は灰がほかほかと柔らかく、燠《おき》がよく保《も》つといわれ、それはお徳さんがこの仕事をなおざりにせず、心を込めて灰をふるいにかける態度に他《ほか》ならなかった。

季節になるとお徳さんは先《ま》ず髪に手拭《てぬぐ》いを二重にかぶり、たすき掛けをして大小の火鉢をコンクリートの中庭の上に持ち出してくる。ここに広く茣蓙《ござ》を敷き、その上にさらに新聞紙を重ねて敷いてのち、さておもむろに灰をすくってはふるいにかけ、粉雪のように目の細かい灰の山を作ってゆくのだが、およそ一年間使った灰を見ると、酒の滴が火鉢に落ち、石炭ガラのように固まった大小の粒や、火箸《ひばし》ではとれないきせるの吸い殻の固まり、また毎日十能を持って廻ってきれいに取り除いてあるはずの巻煙草の吸い殻なども案外残っていたりして、灰と同じくらいゴミの山もできる。掃除すれば灰の量はぐっと減るので、その上に毎年焼いたばかりの藁灰《わらばい》をふんわりと敷いてこれで出来上り。口までふわふわの灰が入った火鉢は見違えるようにきれいになり、この中に熾が収まると心地よい色となって気のせいか冬もあたたかく過せるように思われるのである。

こういうお徳さんが恋をした相手は、梅の手入れをする清吉で、この人は一年中ほとんど別館の裏にある梅畑に泊まりっきりなのだが、お徳さんが毎年藁灰を作るための藁をここへもらいにゆくのがきっかけだったという。

春にさきがけて美しく梅を咲かすのには、花が終った直後から枝を切り、一度鉢から出して根を調べ、土を焼き、肥料とともにまた鉢へ戻し、弱った古梅は地面に入れるなど、ひとかたならぬ世話を要し、また梅雨どきには枝を剪定《せんてい》し、秋にはもう一度肥料をほどこさねばならず、その頃五百鉢にものぼるこの梅の世話を、清吉はほとんど命がけでやってきたのだという。無口で、梅の手入れ以外何の取得もない男だったが、一年一度この梅が広間へ上る日は素晴しいヒーローになり、当日はお祝いの桃色の手拭いを首に巻いた清吉にお父さんをはじめ、あっちこっちから盃《さかずき》がさされ、一年で一番いい日だった。

お徳さんが清吉と世帯を持った最初の家は得月楼のすぐそばにある長屋の一室で、ここは一年中日の射《さ》さない暗い一間っ切りの家だったけれど、お徳さんにとっては心満ち足りた楽しいスイートホームだった。が、おときさんが生れて三つのとき、その年の七夕さまの日に始まった日華事変に清吉は駆り出され、南支の戦いで壮烈なる戦死、という公報をもらったのはお徳さん二十三歳の秋のことだった。

それからあとの年月、女手ひとつで子供を育てながら生きていくのはなみ大ていのことではなかったけれど、やはり心の拠《よ》りどころとして自分が得月楼の子飼いの人間であり、いざというときはお父さんが助けてくれるという強みがあったせいだったろうか。しかし戦争はますますひどくなり、そのお父さんも亡くなった上、とうとう昭和二十年七月四日、高知市の大空襲のために得月楼は本店、中店、花壇のすべてが烏有《うゆう》に帰し、十歳のおときさんとのねぐらだったお徳さんのあの長屋も跡かたもなく焼けてしまった。

この頃のことはおときさんの記憶には鮮やかで、そのあと、苦労しながら自分を育ててくれる母を見て、自分も大きくなったらきっと仲居になって安心させてあげようと思ったものだった。

得月楼の再興なったのは昭和二十四年で、南はりまや町のもとの中店の土地に千二百坪の建物がようやく完成し、同時に、四代目を継いだ現社長の手によって従業員の就業規則や退職金制度もおいおい確立して、昔にくらべるとずい分と働きよくなったという。

おときさんは中学卒業の年、念願どおり得月楼に入ったが、もう昔のようなおちょぼ制度もなかったので、店ではいちばん若い仲居だった。親娘《おやこ》は店に近い小さなアパートから毎夜通いながら、娘は母親から見よう見真似で仲居としての接客技術を覚えていったが、二人にとって梅の季節は悲しいものであった。

幸いにして得月楼の古梅はすべて根が焼け残り、新しい職人を雇って再び広間にお目見えすることになり、戦前の慣例を続けられることになったのはいい難く複雑な思いであった。この梅を我が身以上に慈しんだ人はいま亡く、その代りとして、季節がくれば昔どおりに花を咲かせる数々の銘ある古梅を眺めるのは、どんなにせつない気持だったろうか。

二十代の初めに夫を失ったお徳さんは女盛りをずっと一人で通して来たが、それを脇で見て来たおときさんにも娘ざかりはやって来て、母親の反対を押し切って一緒になったのは十九の年、相手は得月楼の板前で名を松次という。松次は腕のよい板前だったが渡り者でおまけに道楽者と来ていて、給料をもらうと競輪競馬に入りびたり、ほとんど家庭をかえりみたことがなかったのは、清吉と束《つか》の間でも安穏な生活を送ったお徳さんの幸福とは程遠いものだった。

新婚早々から夫婦げんかをくり返しながらも、いまの浦戸町のアパートで結婚の翌年女の子が生れたが、そのときの嬉しかったこと。四十歳で祖母となったお徳さんともども、きっとこの子を立派に育てようと語り合ったことを、おときさんは昨日のことのように鮮やかに思い出すのである。戦後の得月楼にはもう釜譜代の従業員はほとんど見当らず、世の中も自由な民主主義ともなればもはや身分の差別もなく、たとえ仲居の子であろうと本人次第でどんな出世も叶《かな》うと思えば、女二人、牧子の将来に夢を賭《か》けたのも無理のないところがあった。

しかし松次とのあいだは相変らずで、それを他人は「惚《ほ》れた同士の痴話喧嘩《げんか》」というけれどお徳さんは「男運の悪さ」だと案じ、その嘆きが現実となったのは牧子が小学校へ上った年、松次は突然行方知れずになってしまった。いままでも休日には四国内の競輪を追いかけてふらりと出て行っていたし、そのうち帰るだろうと胸をなだめていたが、社長の方から無断欠勤を問われ、急いで箪笥《たんす》を開けてみれば目ぼしい衣類も消えているところから、彼が家出の意志をもってここから消えているのをおときさんは知ったのだった。

こういうとき、おときさんは自分が父親のない家庭で育ったこともあって、まだ三十前ながら、この嘆きを母親に見せてはならぬ、この気落ちを子供にさとられてはならぬ、とつよく分

別し、ともすれば涙の愚痴になろうとする母親を逆に励ましながら、

「気が向いたら帰って来るわね。心配せんといてや。あの人はそういう人じゃきに」

といい、子供に向っては、

「お父ちゃんは長いお仕事で北海道へ行《い》ちゅうきに、牧子が、そうやね、中学へ行くぐらいになったら戻るかも知れんよ」

とだけでじっと歯をくいしばって我慢し続ける日々だった。

人を待つということははかなくやるせないもので、今日はひょっと帰るか、明日は便りがあるかと思いつつ、新聞を毎日隅から隅まで読み、テレビのニュースをも聞きもらさじとする心の張りは、つらいものだったと思う。しかし松次からは何の便りもなく、ようやく諦《あきら》めの思いが芽生えて来たのは三年目あたりからではなかったろうか。

忘れもしない東京オリンピックの年、酒盗《しゅとう》の好きだった松次が家でよくそれを作っていたのを思い出し、なぐさみに自分で包丁を取ってみたのが始まりで、おときさんの酒盗は人も驚くほど味の良い物が出来るようになった。松次のやっていたように、大橋通りの市場から生きのいい鰹《かつお》を一匹買って来てまずさばき、内臓を取り出すと胆嚢《たんのう》をとり除いてから胃袋を切り開き、なかの雑魚類などの餌《えさ》を洗い出し、そして腸を縦に切って汚物を全部除き、薄い塩水でさらによく洗ってのちしばらく塩水に浸《つ》けておく。そのあと水一升に二合ほどのわりあいで塩を振り

込み、容器に入れて二、三回掻《か》き回すと一週間くらいで馴《な》れて風味が出てくる。

松次は、この水の代りによく酒を使っており、おときさんもそのとおりに酒と塩を合わせて浸けこむと酒盗は得《え》もいえぬ味に出来上る。酒盗は酒の肴《さかな》だとよくいわれるが、ほんとうはこれはご飯のおかずであって、箸の先でちょっとあたたかいご飯になすりつけると食がよく進み、子供の牧子でさえ一の好物となってしまったのはふしぎなものであった。おときさんの作る酒盗は評判になり、のちには社長の知るところとなって、いまでは「得月の酒盗」として名物に加えられているのはおときさんにとってうれしいようで悲しくもある。

牧子が学校に行った留守のある日、母親と二人で昼飯を食べていたとき、お徳さんはふと、

「あたしは梅で、あんたは鰹の酒盗かね」

と呟くようにいい、おときさんは冗談かと思って母親の顔に視線を当てたところ、その目にはいっぱい涙がたまっているのを見てはっとした。

二人とも得月楼に職場を持ち、同じような男運の薄さにあいながら、互いに一度も相擁して泣くこともなかったのを、お徳さんはこういう気持で表現したものであろう。おときさんはとたんにどっと胸に溢《あふ》れるものがあったが、やはり母親の前で涙を見せてはならぬというわきまえがあって、箸を置いて立つやすぐ便所に走り込んだことを決して忘れてはいないのである。

親子は過去を嘆く代り、たった一人の娘牧子の成長をたのしみ、お徳さんが、

「この子だけはええ婿さんをとって先の長い夫婦暮しをさせたいねえ」

といえばおときさんも大いに相槌《あいづち》を打ち、

「牧子は学校も出来るきに、あたしゃ大学へ行かしたい思うちょる」

と夢を語って尽きないのだった。幸いに仲居二人の収入は充分で貯金も出来、食べること着ることに不自由なく暮していけたけれど、牧子はおときさんの望むように大学へ進むことをせず高校二年の秋、突如として、

「学校を辞めたい。得月楼でお母ちゃんのような仕事をしたい」

といい出した。このときのおときさんの落胆と悲しみは例えようもなく、母娘《おやこ》はいく日もいく日も語り合ったけれど、牧子の身にすれば母親が働いている得月楼は子供にとっても何よりの拠《よ》りどころであり、女手一つで自分を育ててくれた親への感謝の気持を込めて、やはりその職を継ぐのが一番と心得たものであろう。

結局おときさんは社長に乞い、戦後はじめての若い仲居として牧子を雇ってもらったが、五十七歳の祖母、三十七歳の母、十七歳のおまきさんと三代揃《そろ》っての仲居は評判を呼んだものだった。

仲居はお運びだけれど、さまざまの男の客に接しなければならず、おときさんは牧子がよい結婚をするように祈ってやまなかったが、その気持が通じたのか二十歳のときよそから縁談が

持ち込まれ、それは洋服屋の店員として固い商売をしている文男だったのである。誠実そうな文男を見たおときさんは安心し、二人を前にして一ちょう気張り、

「よし、お母ちゃんが二人の婚礼は得月楼の大広間を借り切ってやってあげる。お母ちゃんは牧子の小さいときから、この得月楼の広間で披露をするような婚礼をさせてみたいと思いよったところじゃきに」

と胸を叩いていい切った。

その日の嬉しさをおときさんはかっきりと心に彫り込んでよくおぼえている。日頃愛用の栓抜きを持って走り廻っていた広間に、今日ばかりはお徳さんともども紋付きを着て坐り、いく十と並ぶ皿鉢《さわち》を前にして朋輩《ほうばい》たちのもてなしを受けながら、拭いても拭いても涙が溢れて仕方なかった。

いまはどこにどうしているのやら、心のうちで松次に向い、

「あんたの捨てた女房と娘は、今日こうやって得月楼の広間で見事な婚礼をしよるぞね」

と話しかけてみると気のせいか胸もすうーっと晴れて来る。

この婚礼の日から五年、牧子はまだ子供に恵まれないが夫婦仲は至ってよく、店員も夜にかかる仕事なら牧子もほとんど早番で夜七時には仕事を終えて新家庭に帰ってゆく。それだけはおときさんの安心なことで、あとは何とか可愛いい孫が生れるよう川向うの天神さまへのお詣

りは欠かさない。

梅の季節、雇われもしないのにやって来る母親とともに広間の梅を眺めるとき、おときさんの胸には父親の面影、夫の面影がよぎっていくが、そういうものはすべて過去のこと、前向いて生きるよりほかないといまは割り切り、からりとしたおときさんである。

おまつさんと遍路

土佐路の春は気短かな土佐人気質に似て、早々としのび寄って来、満開の桜を見たと思ったらすぐ夏に季節をゆずり渡して去って行く。

浦戸《うらど》湾を抱いて東西から突き出している小さな岬を東孕《はらみ》、西孕といい、この孕の山の桜が全国一早いという。孕桜の便りは三月の中頃から聞かれ始め、時々刻々北へ押し寄せ、高知公園の夜桜の見頃は二十二、三日頃である。三月に入ると土佐の陽射《ひざ》しはもうすっかり爛漫《らんまん》の春で、さんさんたる陽光のもと、もの皆活発に動きはじめる。

土佐路のあちこちに遍路姿を見るのもこの頃で、近頃はほとんど貸切りバスやマイカーを駆ってのお詣《まい》りが多く、昔ながらの孤独な遍路旅という姿はあまり見かけなくなった。海に面した高知市長浜に食堂「正ちゃん」を営むおまつさんは、海沿いの道に早採りのえんどうのつるがのびはじめ、その道に菅笠《すげがさ》白衣の遍路姿を見かけると、待ち兼ねていたように店のガラスケースの中にご自慢のごもくずしの一皿を加えておく。

正ちゃん食堂は一名おかずやともいい、このあたりの造船所や小さな町工場などに働く人たちが弁当を使いに来るための、おかずを売る食堂である。おまつさんは毎朝暗いうちに起き、正一という名の夫の運転で弘化台《こうかだい》にある中央卸売市場に買出しに行き、その日のおかずの材料をあれこれと選ぶ。

正ちゃん食堂に人気があるのはメニューの多彩なことで、常時ケースに並んでいるものは先《ま》ずほうれん草のおひたし、イカと大根の煮つけ、わけぎのぬた、ごぼうのきんぴら、きりめとあげの煮つけ、おろし大根と焼いたむろあじ、高野豆腐の甘煮、千切り大根の卵とじ、すりみと車麩《くるまぶ》の煮つけ、それから各種魚の刺身に注文に応じてウルメを焼き味噌汁を出す。毎日およそ二十種類もあり、夏はこれに冷奴《ひややつこ》と冷しそうめん、冬は湯豆腐と鍋焼《なべやき》うどんも加えられる。

このケースはどでかいもので、おまつさんはここにその日作ったおかずを小皿に分けて全部並べておき、なくなればその日の商売はお終《しま》い、というシステムである。客は、勝手に正ちゃん食堂のケースのなかから好きなおかずを選び、自分で皿をいくつでもとり出して来て食べ、あとで勘定をしてもらう仕組みになっている。いちいち注文しなくても、ちゃんと勘定が出来るのは皿の形によって値段が決まっており、例えば丸い浅い皿のものはどれも一皿五十円、四角の平皿は八十円、四角の深鉢は八十五円、と一目で判るようになっているので、店の者も客もいとも気安く、あとで計算ちがいということはほとんどない。

その代りお昼どきまでにその日のメニュー全部を作り上げておかねばならず、もちろんおまつさんは一人では出来ないので二人ほど通いのおばさんを頼んである。しかしほとんど調理は自分でやっており、その手早さはちょっと真似が出来ない、と誰もがいう。何しろ値段を安く、どれも一皿百五十円以下で賄いたいし、そうなると飛び切りおいしい、という味はできず、おまつさんはそれを材料の新鮮さで補いたいと思っているけれども、例えば日によって味噌汁の味が薄かったり濃かったりしても、客たちは、

「これがお母ちゃんのすることよ」

と自分の母親の手料理のように喜ぶのである。

おまつさんがこの正ちゃん食堂に嫁入りして来たのは今から二十年も昔のことだが、その頃の正ちゃん食堂というのは、後家の姑《しゅうとめ》が一人息子の名をつけて細々やっていたうどんやだった。働き者のおまつさんが姑の手伝いをするかたわら、自分たちのおかずにと作ったおひたしの一皿などをガラスケースに並べているうち、

「おかずをくれや」

というお客が増え、いつのまにかうどんよりもこんなおかずやになってしまったのである。

この節はどこへ行ってもスナックふうの洋風の食物ばかりだが、いまなお御飯だけをランチジャーに詰めて出勤してくる人たちにとって、お母ちゃんの味のようなこんな食堂はちょっと見当らないというので、この地下《じげ》の人たちばかりでなく、おかずだけ買いにわざわざやって来

る人もあるという。

おかげで店は繁盛し年中忙しいが、おまつさんが春になるとこのケースなかの一品に必ずごもくずしを加えるのは年中行事の一つになっているものの、その心のうちは今もって誰にも明かしてはいない。土佐ではごもくずしのことを単にごもくといい、どの家でもお家風のごもくをよく作るが、おまつさんのごもくはいかにも素朴で、土佐らしい味である。新鮮な鯖《さば》を三枚におろし、これを細かく刻んで酢につけておき、この酢と鯖もろとも、他の具と一緒に御飯にまぜ合わすだけのもの、鯖は少々生臭いが、新鮮な地ものだけにまことにおいしく食べられ、それに秘訣《ひけつ》は、臭み消しの生姜《しょうが》のみじん切りを御飯にたっぷりと入れること。

こうして手早く作ったごもくは皿に山形に盛って一皿百五十円。安くておいしいので一人で二つも三つも食べる人もあり、いつもすぐ売り切れてしまう。ごもくを作るのは忙しい上の忙しさなので、夫の正一さんや娘の菊子などは、

「何もごもくまでせんでもこと足りよるじゃいか」

と止めるけれどもおまつさんはこれだけはやめられぬと思い、そのたび、

「私の好きなようにさして」

と春中ごもくを作り続けるのである。

この長浜には四国霊場三十三番札所の雪蹊《せっけい》寺があり、春になると七ヶ所詣りの人たちが団体

でよくやって来、その人たちも大てい正ちゃん食堂に入って弁当を使う。手伝いのおばさんは、

「遍路バスが来たら店中総ざらえじゃ」

といいながら、

「お弁当持ちじゃのにごもくまで食べる人もある」

と笑うのだが、おまつさんはたとえバス詣りにしろ、遍路姿の人が我が手作りのごもくを食べてくれる姿を見るのが何よりの楽しみなのである。欲をいえば、一人旅の遍路がここでゆっくりと休みつつ味わってくれるのが一番嬉しいのだけれど、お遍路ラッシュの春のシーズンでも、そういう姿を見かけることはほとんど稀《まれ》になってしまった。

四国霊場八十八ヶ所のうち一番の霊山《りようぜん》寺から二十三番の薬王《やくおう》寺までが徳島、二十四番の最御崎《ほつみさき》寺から三十九番の延光《えんこう》寺までが土佐、次は愛媛の四十番の観自在《かんじざい》寺から六十五番の三角《さんかく》寺まで、六十六番でまた徳島の雲辺《うんぺん》寺、香川は六十七番大興《だいこう》寺から八十八番の大窪《おおくぼ》寺までの配置になっているが、この全行程は千四百キロ、土佐の十六ヶ寺だけを廻っても四百五十七キロだという。

四国四県のうち、土佐路はわけても難所が多く、東は甲浦《かんのうら》から入り、西は宿毛《すくも》の松尾坂《まつおざか》で伊予に出るこの道程は山また山で海岸は絶壁ばかり、この二十四番から三十九番までは命がけの旅だといわれたものだった。徳島の一番から香川の八十八番まで順を追って詣るのを順打ちと

いい、この逆を逆打ちというが、全行程を巡拝すると大体徒歩で五十日ないし二ヶ月かかるといわれている。いまは徒歩で廻る人はほとんどなく、大てい乗物を利用しての参拝ではあるものの、無事四国巡拝を終え、安養浄土に到達した喜びはいい難い浄福だという。

ただ八十八ヶ所巡りは苦難が大きいので各県ともに略式の巡拝方式があり、日をおいての一国巡りや、徳島の五ヶ寺詣りと十ヶ寺詣り、小豆島《しょうど》の島四国、と同じように土佐でも七ヶ所詣りというのがある。

これは十六ヶ寺のうち、高知市付近の二十八番の大日寺《だいにち》から三十六番の青龍寺《せいりゅう》までが比較的平地にあるので、この九ヶ寺のなかから七ヶ寺を選んで巡拝するのである。土佐では八十八ヶ所巡拝のことを単にお四国といい、七ヶ所詣りのことを七かっしょと呼びならわし、ただの七ヶ寺を廻っただけでお四国巡拝と同じご利益が得られるというので、昔から春になると七ヶ所詣りはずい分盛んだった。農家はちょうど農閑期にあり、また町場でも信心深い家やレクリエーションを兼ねて町内誘い合い、バスをしたててお詣りする。

バスだと一日に廻ることが出来、その日は遍路の正装の、白衣、手甲《てっこう》、脚絆《きゃはん》、頭には「迷故三界城悟故十方空本来無東西何所有南北南無大師遍照金剛同行二人」と書いた菅笠を被《かぶ》り、背には行李《こうり》、首には板ばさみ、手に金剛杖《こんごうづえ》と数珠を持って出発する。札所に着くとその札所のご詠歌とお経を挙げたのち札を納め、納経帳に寺の判をもらって次の札所へと巡ってゆく。

お大師さまと同行二人《どうぎようににん》の旅は現世の罪が清められ、未来永劫《えいごう》安楽が得られるとあって身心ともに洗われ、すっかり敬虔《けいけん》な気持になって戻るという。藩政時代には全国から四国巡拝に善男善女が集り、青年男女の結婚はお四国詣りが終ってから、と結婚の一つの資格になったともいわれている。

昔の遍路といえば悲しいもので、病気や貧困、孤独、老いの弱り、不具というふうなさまざまな人生苦を背負った者が定まる宿もないまま神にすがりながら霊場を巡るといった姿が多く、遍路宿はいつも暗く汚く、遍路みちにはよごれくたびれた遍路が休んでいた風景がよく見られたものだった。

また藩政の頃、遍路はみんな道中手形を所持していて、それには途中死亡しても故郷に通知するには及ばぬ、と必ず書き添えられてあったという。遍路には病死するもの多く、また悪事を働く者もあり、その一方では施しものをする奇特な人もいて、遍路はこういう人たちから金銭の恵みや、善根宿《ぜんこんやど》という宿を提供してもらって旅を続けていたらしい。土佐の人たちは遍路のことをへんどと発音し、子供をおどす手段として、

「へんどにやるよ」

といえば泣く子も黙る恐ろしい言葉として、大人になってのちまで覚えている人も多かった。

おまつさんは、子供の頃をふりかえってみて、一度も親からこんな言葉をいわれた覚えはな

いが、その代り、遠い遠い記憶に、悲しい響きのご詠歌と、暗いほこらの中で焚火《たきび》をしながら寝ていたという情景があり、そのご詠歌に重なって波の音が聞えていたこともかすかに思い出されてくる。

それはおまつさんがいくつのときだったか判らないが、決して夢でない証拠には、一時このほこらの記憶が途切れたあとここにも波の音の聞える松原のある茶店で、皿に盛られたごもくずしをごちそうになった確かな覚えがあり、このごもくずしの頬もこけるほどのおいしさだったことだけは不思議にいく十年経た今日もまざまざと思い出されるのである。

おまつさんの、自分が遍路の子ではなかったかという疑いはこのご詠歌とほこらと波の音、それにごもくずしに関《かか》わっているが、しかし現実におまつさんの記憶が始まったときには父親は宮大工、母親はごく普通の平凡な女だった。父親もさして名人というでなく、人が冗談に、

「勇さんは金槌《かなづち》だけありゃあ飯が食える。ただの叩き大工よのう」

と笑っていたことがあったから、宮大工とはいっても棟梁《とうりょう》などの格でなく、ずっと下働きの役目ではなかったろうか。

家もさして裕福ではなかったが、毎日道具箱を自転車に積んで戻ると、父親はテレビの銭形平次と一合の晩酌だけが楽しみという人、無口で控え目な母親はときどき近所の店の手伝いに行ったりして生活は格別不自由ではなく、第一両親は、

「まつ子よ、まつ子よ」

といって叱言《こごと》のひとついわず、おまつさんを可愛がること一通りではなかったのだった。

おまつさんの疑問は、このあまりにも自分を溺愛《できあい》する両親の姿を見てかえって不審が生じたものと、また計算すると母親が四十すぎて自分を生んだことになる、その二点からだったが、それが明らかになったのは学校を出たあと、家からさして遠くない高知駅前のある塗料会社に勤めることになったときだった。

会社で偶然自分の戸籍謄本を見たときの、その驚きをおまつさんはいまも決して忘れることはできない。戸籍にはまざまざと養女という文字が書かれてあり、それは全くの意外性と同時に一縷《いちる》の肯定感があったのはやはり本能というものだったろうか。

それ以後おまつさんはどんなに苦しんだか、お母ちゃんに今日は聞いてみよう、明日は聞いてみようと機会をうかがいながら、とうとうこの正ちゃん食堂に嫁入りする日まで何ひとつ自分からいい出すことは出来なかった。

耳の底にはいつも遍路の鈴の音が聞えており、自分を捨てたほんとうの両親がどんな人だったかということより、自分が遍路の子だったかどうかを確かめるだけでええ、と考えつつまた一方で、それが明らかにされるのはおそろしいことでもあった。

そして一人娘を嫁がせたあと、父親が三ヶ月の患いで逝ったあと、母も洗濯物を干していて突然倒れ、そのまま一言の遺言もなく亡くなってしまったのだった。

葬式の日、おまつさんはまだ三つだった長女の菊子ともども母親の湯灌《ゆかん》をしながら、

「とうとうお母ちゃんは私をだまし続けたままあの世へいってしもうたね」

と呟《つぶや》き、拭《ぬぐ》っても拭っても涙が止まらなかったのをいまもまざまざと思い出す。

勤めていた頃、おまつさんは日にいく度か鏡をのぞき眉、目、鼻、口、とひとつひとつ確かめ、やっぱりお父ちゃんにもお母ちゃんにも何処《どこ》も似てないと思うと急にいら立ち、ときには自分から親に向って突っけんどんにしたり横着な口をきいたりしてみたのだったが、母はおまつさんのそういう態度を見てただ悲しそうにおし黙るばかりだった。

無口な人だったから自分のことでもろくに話さなかったが、これでもう自分の出生にまつわる秘密は永遠に墓の下へ持って行ってしまった、と思うとおまつさんは口惜しく、残念でならなかった。

結婚するときは、母親から姑に「二人だけの話」というのがあって、早くに亡くなった実の妹の子を引き取って育てたまつ子ではあるけれど、本人には打ち明けてないのでそのつもりで、と姑は懇願されたらしい。が、何かの拍子に姑はひょいと口をすべらし、

「あんたは、死んだほんまのお母さんの墓にお詣りをしよるかね」

と聞かれたとき、不思議なものでおまつさんは咄嗟《とつさ》に一切を悟り、

「はい、あの、まあときどきは」

などとつくろったが、それはこうまでして真実を話したくなかった母親の愛情を一瞬にして感じたに他ならず、このことがあってのちは、おまつさんは自分でもありありと判るほど、自分の出生に関わる詮索《せんさく》をやめようと思う変化が心のうちに起きているのを知った。

娘の頃は、一人旅の遍路を見るととたんにいい知れぬ嫌悪におそわれ、その姿が見えなくなるところまで息せき切って走り抜けたものだったが、この辺りから逃げずに凝視するようになり、それから少しずつあたたかいまなざしを送るようになって来たのが自分でもよく判っている。

それは菊子が生れ、続いて博が生れ、そのあと姑も亡くなってみれば、家の主人は正一であっても、食堂の切り盛り一切を自分の手でやらねばならなくなっただけでなく、二人の子の母親として、世間に対する目もひらけて来たことによるものではなかったろうか。

父親は宮大工だったから信仰心厚く、ひょっと仕事先の寺などの紹介で、遍路宿に行き倒れた子の自分を拾ってきてくれたのではなかろうかと思うと、口惜しいどころではなく、逆に有難く感謝しなくてはいけないのだと了簡《りようけん》は定まってくる。

またもう一つの想像は、あのごもくを振舞ってくれた松原の茶店に両親が関わっていたという推量で、茶店の夫婦がひょっと両親の前身だったか、或いは自分が一旦茶店にもらわれてのち、縁を頼って両親のもとへやって来たのではないかということも考えられる。逆算すればあの頃は食糧の極端に乏しい戦争末期であり、ゆきずりの女の子に一皿のごもくを恵むなど、よほど慈悲心の深い人間でないとできない行為のはずだった。

いずれにしろこの世に愛ほど尊いものはなく、たとえ血はひいていなくても慈しみ育ててくれたあのお父ちゃんお母ちゃんが、自分にとって二人といない実の両親だったことをいまは素直に信じようと思うのであった。

それにしても、おまつさんの感覚にこびりついて離れぬあの波の音と洞窟《どうくつ》の風景はいったい何処だったろうか。

おまつさんの心のなかで記憶がすべて昇華し、いまもし子供の頃の自分の姿を彷彿《ほうふつ》させる情景を見ても、もう決して動揺することはあるまいと心を決めたのは最近のこと。おまつさんは四十四年このかた、土佐に住んでいてもその機会もなくて行ったことのない海岸線をドライブしてみる気になった。

一日夫に運転を頼み、休日に二人で出発してみると、いまは室戸《むろと》岬までまっすぐに新道ができ、昔遍路みちと呼ばれた海岸線はもうすべて旧道になっていたが、おまつさんはその旧道を、記憶をひとつひとつ確かめながらゆっくりと走ってもらうのだった。

道は水平線を車の窓いっぱいに映すほど海の近くを走り、その群青《ぐんじょう》の澄み切った美しさ、のびやかさ、南国の強い太陽はさんさんと降り、この道を昔業苦を抱えながら杖をひいた遍路があとを絶たなかったというのはまるで嘘《うそ》のようにさえ思える。

いまだに火の見櫓《やぐら》のある安芸《あき》の町をすぎ、大山岬《おおやまざき》という海に突き出した地形の根元に、大きな岩穴があるのを見つけたおまつさんは夫にストップの声をかけ、そこに一人降り立った。岩穴は奥まで砂利を敷いてあり、そこには石で築いたかまどがいくつかあって明らかに火を焚いたあとが見える。

おまつさんは自分が遍路の親とともに焚火をしていたのはひょっと、ここの洞窟ではなかったかとそのとき思った。何も確信はないけれど、ここなら雨露をしのぐことができるし、波の音も野宿の枕にひびいて来る。

しかしおまつさんの胸にはもう感傷のかげもなく、ほこらの中をゆきつ戻りつしているうち、車の中から自分を呼ぶ夫の声があり、おまつさんは助手席に戻りながら、

「あそこのようでもあるし、あそこのようでもないし」

と一人言をいい、夫が、

「何じゃ、それは」

といったとき、

「いや何でもない。こっちのこと」

と打ち消して笑った。

おまつさんは、これで何かつきものが落ちたようなさっぱりした気分になり、あとごもくをもらった松原の茶店はもういまどき捜す手がかりもないことを思って夫に、

「そろそろUターンしよう」

とうながした。

車は次の十字路から新道へ出、帰り道をとったが、その車の中でおまつさんは運転席の夫の口にタバコをくわえさせてやりながら、

「ねえお父ちゃん。あたしは菊子が片づき、博も嫁さんもろうたら一人でお四国廻りたいと思う。七かっしょじゃのうて本格的なやつ、歩いて廻る昔どおりの八十八ヶ所よ」

というと夫はタバコの煙をなびかせながら、

「その頃になってまだ足が立つかねえ。お四国はなかなかきついよ」

といいながらも、

「お前一人じゃ心細かろう。ま、俺も一緒にご利益頂きに巡拝といこう」

と明るく笑った。

おゆうさんと足摺岬

その日、おゆうさんは長女糸子の大学入学式の付添いを終えて杉並区高井戸の自宅に戻り茶の間のテーブルでひとりお茶をいれ、玄関に来ていた夕刊をとって開いてみたところ、地方欄に〝足摺《あしずり》岬スカイライン近く開通〟という見出しがあった。新聞には略図を載せてあり、高知県西端の海に鋭く突き出た足摺岬のまんなかを、土佐清水市から岬まで蛇行した車道が貫いている。

おゆうさんは指でその跡をなぞりながら、ここらあたりがあの冬でも満開の、真紅の椿《つばき》林に当るかしらと呟《つぶや》きながら、何かがすーっと目の前から立ち上り遠くへ流れ消えていくような感があった。それが何かと聞かれても言葉にはできないようなものだったが、強いていえばおゆうさんの青春そのものともいえるある風景が足摺スカイラインの開通とともに拭《ぬぐ》い消されてしまう、といったそんな一種寂しくせつない思いではなかっただろうか。

その夜会社から帰って来た夫の隆三に新聞を示しながらそのニュースを告げると、晩酌のビールでいい機嫌になった隆三は「ふーん」とうなり、

「これからはさだめし騒々しくなることだろうな、岬も」

と感慨深げに地図を眺めつつ、

「観光地となった岬へはもう行くこともあるまい」

とすぐ他の話題に移ってしまったのだった。

おゆうさんはその夜何故《なぜ》か眠られず、輾転《てんてん》と寝返りを打ちながら胸の内で年を繰ってみると、あれからいつのまにかもう二十五年もの年月が流れている。そのあいだ、結婚、出産、子育てから今日の長女の大学入学までの道とそれは途方もなくはるかなものに思われるものの、また反面隆三が夕餉《ゆうげ》のときに口にしたように、観光地となった岬にはもう行かれないという言葉を裏返せば、機会があればまた行きたいとおゆうさんと共通の願望を持っていたことが判り、あの日のことはつい昨日のようにも思えてくる。

高知の町に生れ育ったおゆうさんが足摺岬に最初足を踏み入れたのは昭和二十九年、十九歳の春だった。県立女子大学の二年進級の休みのときで、同級生のなかに中村市出身の大田邦子《くにこ》がいたところから、邦子も初めてだというその岬行きに誘われたのがきっかけだったのである。

その頃の高知の人たちの物見遊山《ゆさん》といえばもっぱら東ばかり指向していて、近郊で桂浜《かつらはま》、五台《だい》山、遠出して安芸《あき》の浜、室戸《むろと》岬、旅行といえば京阪神に限られていたようなおもむきがあった。高知県の東半分と西半分とはほとんど交流なく、とくに宿毛《すくも》市、大月町、三原村、土佐清水市、中村市、大方町《おおがた》を含む幡多郡《はた》という大きな地域は風俗習慣からアクセントまで高知市以東とは全くちがうだけにここを幡多県などと称する人もあり、いわば県民にとって未知の土地がらだったのである。

交通の便も極く悪く、唯一の足といえば船酔いに苦しめられながらの沿岸通いの小さな汽船というところで、幡多郡の端へ行くよりも京阪神へ行くほうがずっと近かった。おゆうさんの初旅昭和二十九年はもう鉄道は窪川《くぼかわ》まではついていたが、そのあとはまだ戦後の名残りで木炭バスなどが走っており、親しい友人の誘いとはいえ、娘が一人未開地の印象を持つこの地方に遠く旅するのを両親はどんなに心配したことだったか。母親は出発に際してくれぐれも、

「えらい田舎じゃというきに、あんまりしんどい思いをするようならすぐ引き返してきなさいよ」

といったことを思い出すのである。

おゆうさんは高知駅から汽車に乗り、まだ急行もない頃で伊野《いの》、日下《くさか》、加茂、西佐川《にしさかわ》、佐川、斗賀野《とがの》、吾桑《あそう》、と初めて見る駅々を過ぎ、多郷《おおのごう》で海岸に出、須崎《すさき》の港町を縫って海沿いに新荘《しんじょう》から安和《あわ》まで走り久礼《くれ》の駅からトンネルの多い山道にかかって、影野《かげの》、仁井田《にいだ》を経ていよいよ終点窪川に近づいてゆく。すると列車の中の客たちは立って最前列の箱に移って行くのをおゆうさんはぼんやりと眺めていたが、さて窪川駅に到着してみるとその理由がよく判った。

国鉄窪川の駅前は赤い線の入った高知県交通バスのターミナルになっており、これから山道を越して中村市に至る二時間半のバスの旅に席を確保するためのマラソンだったのである。一番あとから下りたおゆうさんはゆっくりと中村行と標示のある小型バスに乗り込んだが、幸いその日はウィークデーで比較的空いており、最後列の長い座席の一つを確保出来た。見れば車内には、嘔吐《おうと》用の洗面器がうず高く積んであり、乗り馴《な》れた乗客は先を争ってこのバスの前方、つまりなるべく揺れの少ない場所に席を取るのだと判った。

やがて男の車掌がやって来て発車となり、木炭バスは後尾から青い煙を上げながら窪川の町をしばらく走ってのち国道五十六号線の山道に分け行っていく。人家のほとんどないこの九十九折《つづらおり》の坂道は細く険しく、喘《あえ》ぎ喘ぎ地を這《は》うようにして登って行く木炭バスにときには天井に頭が当るほど、ときには薙《な》ぎ倒されて座席に転がるほど揺られていると、若くて健康なはずのおゆうさんもたちまち気分が悪くなり、恥かしさも忘れて車掌に洗面器をもらうよう片手をあげて合図した。

窓を開け、洗面器の中に顔をつっこんでの山道は景色どころではなく、ついには胃の中のものばかりでなく涙まで流しながらこんな難行苦行はもうこりごりだと思った。一時間余の後、やっと下り坂にかかり、佐賀の町ごしに紺碧《こんぺき》の海が見えたときの嬉しかったことをおゆうさんは決して忘れることはできない。

ここで十五分の休憩があり、おゆうさんは車外に下りてきれいな空気を存分に吸いやっと一息ついたが、そのあとの一時間余も、明るくひらけた海岸線の道を走りながら、車内に立ちこめている異様なガスと嘔吐の臭いに誘われて吐きつづけ、窓外に目をやる余裕などなかった。

どの道も一車線の未舗装で、ときには行きちがいで長時間止り、ときには町家の軒すれすれに、また波しぶきのかかる海岸道を縫って走るバスの中でおゆうさんはここが異境だという感じが強くあり、高校の旅行のときに見た京阪神よりもずっと遠く旅をしているという思いがしみじみと迫ってくる。やがて松原で有名な入野《いりの》の町を過ぎ、また一山越して逢坂《おうさか》トンネルを過ぎると、もう渡川《わたり》の青い流れは目の前だった。

中村の町の終点には大田邦子が立っており、青い顔をして下りて来たおゆうさんを労《いた》わって、

「うちらはバスに揺られることを箕《み》でさびる、いうがよ」

といって笑ったが、乗客のことを箕の中の、ものの実を空中に揺り上げて埃《ほこり》を払うしぐさにたとえるのをおゆうさんは実感としてなるほどと思った。

この中村の町は小京都といわれるだけに碁盤の目のようにきれいに区劃《くかく》された町で、ここから幡多郡の各地に向って四方八方バスの道がついているが、おゆうさんはこの町で休めるのではなく、すぐ次なる土佐清水行のバスに向って邦子とともに乗り込んだのだった。

バスはまもなく四万十《しまんと》川の鉄橋に出、日頃鏡《かがみ》川ばかり眺めているおゆうさんは目を見はる

ばかりのその豊流に心を奪われたが、それも一瞬で、宿毛への分れ道からバスが山道に入るとまたもや、空っぽのはずの胃袋からむかむかと何かが突きあげて来る。

かたわらの邦子は馴れているのか平気の様子で、おゆうさんの背を撫《な》でてくれたり濡れタオルで首筋を拭ってくれたりしたが、こちらの山道は前よりももっと険阻に思われ、おゆうさんはすっかり病人になって邦子の肩にもたれたまま早く足を地面につけたいとどれほど思ったことだったか。やがて南風とともに磯の匂いが車内に流れはじめたと思ったら大小の漁船が水も見えないばかりにもやっている土佐清水港で、道のわきにはミカン箱を伏せた上に採れたての貝類を無造作に並べて売っているのが見えた。

今朝高知を八時に出て窪川まで三時間、中村まで二時間半、この土佐清水に着いたときは長い春日もやや傾いた午後四時になっており、一日中車酔いと闘いつづけてきたおゆうさんはもうくたびれ果て、

「岬行きはここで一晩泊ってからにしたい」

と弱音をあげた。

酔いを知らない邦子はそういうおゆうさんを励まし、

「これから先の景色はバッグンっていうよ。酔いなんかふっとぶそうじゃけん、さあ元気を出して終点までがんばって」

と足摺岬行と書いたバスの字幕に中の浜廻りとあるのを確かめて、おゆうさんを抱え込むようにして乗り込んだ。

土佐清水の町から足摺岬の突端まで高知寄りの方面から廻るのを窪津《くぼつ》廻りといい、反対側の九州寄りの方向から廻って行くのを中の浜廻りという。どちらも同じく所要時間は一時間ほどだが、途中の町に用のある人はともかく、岬まで行く人はどちらにでも好きなコースに乗ってゆくらしい。

数えるほどしかいない客を乗せたバスは四時すぎに出発、途中中の浜、大浜の小さな漁港で魚籠《びく》を担いだその乗客たちを下ろすと、あとはおゆうさんと邦子二人の貸し切りとなり、これが今日最後のバスだとおもうとおゆうさんも次第に元気が出、目がさめたように右手にひらけた海の色に吸いつけられて行った。

海岸線は陸地のはるかな突端に向って断崖《だんがい》の小道となっており、バスがカーヴするときは明らかに車体の半分ほどが海に突き出ているのが判る。足摺岬へは生命保険をかけて行けなどという言葉どおり、たしかにこれは危険なコースだが、おゆうさんは生れて初めて見るこの雄大な情景に打たれ、ほとんど涙ぐんで海を凝視しつづけた。

海の見える高知の町で育ったおゆうさんだけれど、こんなに広い海と、鮮やかで純粋な景色はいまだかつて見たことがないと思った。そのときの感じを率直にいえば、まるで生れたての風景とでも例えたいような、つまり多くの人々の目に少しも汚されていない、たったいま海も緑もこの地上に誕生したかのようにみずみずしくきらびやかに躍動しており、それがもう初夏とも思えるほどのさんさんとした強い陽射《ひざ》しに照らされ、燦然《さんぜん》と絵巻のように展開して行くのだった。岬に近づくにしたがい、道わきの緑の濃さはまるで異国と思えるほどの繁茂のしかたで、それはビロウ、アコウ、ウバメガシなどの亜熱帯植物のせいだと判ったが、ちょうどジャングルの中を抜け通って行くような感じだった。木立隠れに見える海の色も次第に群青《ぐんじょう》の色を増し、邦子の説明によればハエと呼ぶ海の中の小さな岩がところどころ青畳の上に顔を出していて、その回りに寄せてはかえす白波が目を刺すように際立って美しかった。

バスはやがて陸地の終りの地に到着し、大きな伽藍《がらん》を持つ金剛福寺《こんごうふくじ》の前で下ろされたが、それはもう長い春日もようやく暮れようとし、真っ赤な太陽が水平線におちてゆく時刻だった。二人はバスからおりるや否や何故ともなく走り出し、まっすぐに白い燈台のある天狗《てんぐ》の鼻に立ってこの大きな落日を見た。海は二人を取り巻いて三方にあり、その広さ、青さ、深さ、朱を流しながら灼熱《しやくねつ》の太陽をどっぷりと呑《の》みこんでゆく包容力、二人はものもいえずその場に立ち尽し、そして故しらずおゆうさんは心のうちで海に向って祈りたいような思いがあった。

振り返ると、岬の山の木々は悉《ことごと》く風になびいて斜めに反っており、その梢《こずえ》は巨人が大きな鋏《はさみ》で刈りとったように短く切り揃《そろ》えられている。断崖は八十メートル、下に白波がくだける風景は切れ味のよい刃物のような男性的な感じがあり、二人は亀呼ぶ岩の展望台、頭上低く掩《おお》う椿林、寺の庭の浜木綿《はまゆう》の群生、とむさぼるように辺りがとっぷり暮れるまで歩き廻った。

春の行楽季節なのに人にはほとんど会わず、夜は寺の隣に「福政」という小さな看板をみつけて乞うと、肥った宿のおばさんは快く上げてくれた。福政の主人は老いてもなお毎日海へ出ないではおさまらぬという漁師で、旅館はおばさんの片手間仕事だという。この日も他に客はなく、おばさんは二階を指して、

「勝手に上って、好きなように休んでつかはれ」

といい、まもなく下から、

「風呂が沸いたよう、下りて来て入りなはれや」

と大声で知らせてくれた。

手拭いをぶらさげて道を渡ると、古い五右衛門風呂が崖《がけ》っぷちに建っており、真っ黒に煤《すす》けた窓から昏《く》れた海にイカツリ舟の灯が連なって見える。薪《まき》の代りに椎《しい》の枯葉でも焚《た》いているのかまもなくうす青い煙とともに香ぐわしい匂いが湯殿に充ち、それがじんわりと目に沁《し》みるのもうれしかった。

夕食は座敷に新聞紙を敷き、鍋墨《なべずみ》のいっぱいついた鍋をどっかりと置いて、なかは味噌汁で、それに「たったいんま、舟からあげてきました」というながれこ（とこぶし）を荒くそいだだ

けの新鮮この上ない刺身がついている。おひつもそのまま出され、なかを開けると麦飯の匂いもなつかしく、おゆうさんと邦子はこの宿のこの風情が何もかもすっかり気に入ってしまったのである。

その夜おばさんは、若い娘だけで旅行するのはよっぽど気をつけにゃあ、と二人に訓戒を垂れ、ここは近頃自殺の名所になり、おばさんももう十人に余るほど人を救ったという話をしてくれた。天狗の鼻の下は空洞になっており、潮の加減でここに死体が流れ込むと、永劫《えいごう》に見つかることはないという。おゆうさんはその話に何か惹《ひ》かれ、邦子と話しながら眠りに就いたが、一晩中枕に鳴る潮騒《しおさい》とともに、自分が海に取り巻かれて眠っているという、天上の愉楽にも似たすばらしい感覚があった。

おゆうさんはこのとき邦子とともに福政で二日をすごし、また酔いに苦しめられながら帰ったのだったが、そのとき、またきっと来よう、と漠然と考えたとおり、翌年からほとんど季節毎にやってくるようになるとは思ってもみないことだったのである。

この旅から帰ってまもなく、おゆうさんは妻子ある男と知り合い、結婚できないと考えながらもずるずると深みにはまり込んでゆく自分をどうしようもなかった。市役所に勤める父と平凡な母親、朗らかな妹との不足ない四人家族でいて、なぜこんな罪の匂いのする恋におちたのか自分でも理解に苦しむけれど、十九歳の迷いが生んだ一つのブラックホールだったろうか。

おゆうさんは彼と会いつつ、一方で自分を自分でいじめ抜き、そしてくたびれ果てると、ほんの手廻りのものだけで西行きの汽車に乗った。邦子にも打ち明けずただ一人、汽車バスを乗り継いで九時間の旅を続けて岬に辿《たど》りつき、福政の二階で潮騒を聞きながら、海に抱かれて眠るのである。

足摺岬に来ても事態の解決には何のプラスももたらさなかったけれど、たとえ一時的にしろ心の傷がほんのわずかでも癒《い》えるようにおゆうさんには思えた。人が「夕子さん」と呼ぶ名を、福政のおばさんはおゆうさんと呼んでくれるのも親しく、ここに来て天上の浄土世界を夢見ると自分の穢《けが》れも洗われるようにさえ思われて来る。

忘れもしない昭和三十一年の春、おゆうさんは卒業を間近に控え、ある建築会社に就職も内定していたが、彼との関係ももうどん詰まりに来ていて暗い季節だった。

向うの奥さんがおゆうさんの存在を知り、いまでは思い出すのも恥かしいやりとりがあってその人が自殺未遂事件を起したあとで、おゆうさんはまたふらふらと窪川までの汽車の切符を買った。このときおゆうさんに自殺行というしかとした意識があったわけではなく、いや、本心はたしかにもう生きていることに絶望していた感じはあったのだが、ふしぎなもので、相手に機先を制せられると、まっすぐ死の淵《ふち》に飛び込むことができなくなってしまうような気後れがあった。

高知駅を発つときは絹糸のような春雨が降っており、もうほとんど酔わなくなった馴れたバスを乗り継いで夕方福政に着いたときは、春には珍しい夕焼け空だった。おばさんはいつものなつかしい笑顔で迎えてくれ、

「今日は先客がある。男のお客さんじゃきに、境の襖《ふすま》を開かんよう釘《くぎ》づけしちょいたけん」

といってくれたが、おゆうさんにとってそんなことはどうでもよく、ただ何も彼《か》も忘れて眠りたかった。

天狗の鼻にも出ず風呂にも入らず、いつもの木綿蒲団《ぶとん》にくるまって寝についたのは夜の八時頃だったろうか。すぐ引き込まれるように眠り、それからずっと昏々《こんこん》と眠り続ける夢のなかで、おゆうさんは自分の体が広い海のまっただなかを宙に漂っている感じがあった。

天の青、海の青のなかをまるでかもめのようにゆらゆらしているだけで、そのおぼつかなさにおゆうさんはいく度か声を挙げ、いっそ私の体を海の底に沈めて下さい、と叫んだ記憶がある。

そのくせ、いつか福政のおばさんから聞いた、中村の町の美妓《びぎ》小綾《こあや》さんの投身自殺はあわれに美しかったという話、それは腰紐《こしひも》から帯〆《おびじ》めのはしに至るまですべて自分で本結びにし、崖の上には赤い鼻緒の下駄をきちんと揃えて脱いであったという光景を、夢のなかでいながらまざまざと見ているのだった。

おゆうさんがこの生死のはざまにいるような深い眠りから覚めたのは翌日の夕方で、その間、おばさんはいく度も障子を開けておゆうさんが息をしているかどうか確かめに来たという。

目ざめたおゆうさんにおばさんは何もいわず、

「明日は家へ帰るろうね。うろうろしよるとろくなことはないけん、朝一番のバスへ乗りや、判ったね」

とくり返しいい、そういわれるとおゆうさんは次第に人心地を取り戻して、

「いわれるとおりに帰りましょうか」

と約束した。

が、このときしかと帰る覚悟はできておらず、ひょっと途中で海に飛び込むかもしれない、などと自分自身に自信の持てないところがあった。

翌朝、起きてみると外ははげしい風雨になっており、雨戸を閉めに上って来たおばさんは、

「岬の雨は横に降るのがふつうじゃ」

とこともなげにいっておゆうさんをせき立てた。

やっと帰り支度をして福政を出たのはもう昼近かったが、借りた傘を斜めにしてバスの待合いへ行ったおゆうさんに、

「風雨のため道路決潰《けっかい》、窪津廻り中の浜廻りともバス不通、復旧の見通し立たず」

大書した貼《は》り紙が運命の暗示として目に映ったのである。

やっぱりここで死ぬべきなのかも知れない、と考えながら、おゆうさんは荒れ狂う暴風雨の海を見ようと思った。横なぐりの雨のなかを椿林に入り、突端の亀呼ぶ岩の展望台へ足を向けると思いがけなく、そこにずぶ濡れになりながら吹き飛ばされまいと手すりに摑《つか》まり、荒れた海をじっと見下している人影があった。

この人も死ぬ気だな、と近づくのをためらっていると、ふと振り向いたその人はおゆうさんを見て黙って頭を下げた。彼は昨夜便所の廊下ですれ違った福政での相客だった。二人はこのあと、道路開通までの二日間、福政の二階で互いの胸のうちをぶちまけて話し合い、一種の浄化作用を経た思いで帰路に就いたのだったが、この人がいまの主人の隆三だったのである。

おゆうさんはこの出会いを、いまも決してラッキーチャンスだなどと気軽に口にすることはできない。そのとき東京生れの隆三も田宮虎彦の『足摺岬』を読んでここを短い人生の終焉《しゅうえん》の地と定め、初めて訪れて来ていたのだという。

隆三とおゆうさんの結婚は、このあとなお曲折を経て四年後にやっと実現したのだったが、お互いが死の淵の傍に立っていただけにいまも古傷を嘗《な》め合うという気持は持っており、この縁を神に感謝している。

以来二人とも足摺岬へは足を向けていないが、福政のおばさんが二人の結婚後まもなく亡くなったというハガキをもらったときには、一日喪に服して虔《つつし》んだものだった。

おばさんもいなくなり、スカイラインが開通した足摺岬とはもう無縁にひとしいが、それにつけてもおゆうさんは娘の青春にどうぞ暗い翳《かげ》がさしませんように、と我が身に比べて祈るや切なのである。

おしんさんと栴檀《せんだん》の木

太平洋戦争も末期の昭和二十年一月十五日、高知市は最初の敵機の襲来を受けた。

その十日ほどあとのある昼さがり、まわりを田圃《たんぼ》に取り囲まれた下知《しもじ》の浜田の家では、五人しかいない家族の全員が庭に出、一隅にある栴檀《せんだん》の木の下に集まった。

この場所で若いときからずっと下駄工場をやって来た主《あるじ》の茂造、家事のかたわらみがきを受け持っている妻のたか、その娘でただいま県立第二高女五年に在学中のおしんさん、その妹小学校六年ののり子、それに茂造を助けてこの下駄工場をずっと支えて来た職人の明さんである。

「さあまた空襲警報の出んうちに早う片づけよう」

と足にゲートルを巻いた茂造がいい、たかの差し出す二合徳利を耳許《みみもと》で振って、

「ほんとうならたっぷり酒も飲ましてからにしたいがのう。配給の酒をこれだけ残すのがようようじゃった」

と誰にともなくいいいながら、その徳利を逆さにして栴檀の木の根元に注ぎかけた。

が、茂造のいう通り、酒はほんの盃《さかずき》一杯ほどしかなく、一抱えもある暗褐色の縦に割目を

生じた木肌をたらたらと伝わり、わずか一部分を黒くぬらしただけだった。その黒いしみが目印で、そこに同じくゲートル姿の甲斐甲斐《かいがい》しい明さんは大きな両挽《りょうび》きの鋸《のこぎり》の歯をたて、

「さあっ」

と威勢よくかけ声をかけるとその相手を茂造が取り、幹の向うとこちら側でお互いに片膝《かたひざ》ついた姿勢で鋸を引き始めたのだった。木は最初、鋭い歯を当てられるのを嫌がるようになかなか鋸を受け入れなかったが、茂造と明さんの渾身《こんしん》の力に負けたのかほどなく身をゆだね、木屑《きくず》をほとばしらせながら挽かれていった。

木肌は黒いのに、口を割った鋸の目からは生々しいほどの白い断面が見える。おしんさんはもんぺ姿でそれを後から眺めながら、心のうちではこの前学校の図書室から借りて読んだチェーホフの「桜の園」の戯曲を思い出していた。

あれはたしか斧《おの》の音で、古い家を捨て新しい生活に飛び込んでゆくアーニャの気持を象徴していたのだったが、この光景はすべてのものの終末を意味しているのだと思った。

山林内の伐採と違って、小さな庭の木を切るのにはつっかい棒をしておかなければならず、今朝男二人は仔細《しさい》に眺めて倒れる方向に梯子《はしご》で支えをしてあったが、栴檀の木が傾き始めたのは鋸の歯が幹の中ほどに来てからであった。高さはおよそ八メートルもあるものの、いまは冬枯れで梢《こずえ》は枝ばかり、それでもその梢の小枝がざわざわといっせいに揺らぎ始めたのを見て、

おしんさんはやはりこの木は切られるのが嫌なのだと思った。

第二乙種だからまさか召集はあるまいと家中で考えていた職人の明さんに、突如赤紙が来たのは昨日の朝のこと、三日後には朝倉の四十四連隊へ入隊しなければならないという。

男手二人で細々とやっていた下駄工場で、一人の手をとられると後がどうなるか誰の目にも明らかだったが、茂造はその痛手をこらえ、

「これからは空襲もますます激しゅうなるじゃろ。戦場であれ銃後であれ国民はみなお国のために身を捧げないかんときが来たらしい。あとのことは心配せんと立派にええ働きをしておいで」

と励ましたが、夜になって明さんから茂造に折入っての話があった。

「親方」

と改まり、

「わしが入隊するまでまだ五十時間近くもある。ついては無理な願いかもしれんが、庭の梅檀の木を伐《き》ってわしに最後の下駄を作らせて欲しい。どんなもんじゃろ」

と思いつめた目差《まなざ》しでいう。

茂造はその申し出を予期していたことのように受け取ったが、それは近い将来、焼夷弾《しょういだん》で焼き尽くされるよりは、家業のためにこの梅檀を役立てたほうがどれだけよいか咄嗟《とっさ》に了簡《りょうけん》を決

めたらしい。戦争が激しくなった頃、茂造は一、二度それを考えないでもなかったけれど、一抱えもある栴檀の木を切ることはなかなかの大仕事でもあり、今日という踏ん切りがつかないままだったので茂造は明さんのその言葉をむしろ喜んで受け取り、

「そうか切ってくれるか、わしも手伝う」

とすぐその場で応諾したのだった。

茂造は高知市の東、杉の美林で名高い魚梁瀬《やなせ》の近く、奈半利《なはり》の出身で、小さい頃父親が近くの製材所から余り材をもらって来ては自家用のための下駄を作っているのを見て興味をひかれ、自分で鋸と鑿《のみ》を使って下駄らしいものを作ったのがこの道に入る最初だった。

この下知に出て来たのは、はっきり下駄職で身を立てようと考えたときからで、さして広くもない家ながら家族の寝起きを二階、階下は工場に改造した。栴檀の木はこの家の庭に最初からあったもので、茂造はそれを見て、

「下駄屋の庭に栴檀があるとは切ってくれといわんばかりじゃ。おあつらえ向きよのう」

さいさきよし、と喜んだものである。

栴檀は温暖な地域に自生する落葉喬木《きょうぼく》で、高知の町には至るところにあり、街路樹にもよく植えられ、夏は涼しい木陰を作ってよい日よけになる。幹はどれも直立し、四方に葉を拡げ、その葉は悉く《ことごと》小さな鋸状になっていて、真夏でも網目のように風を通し、木陰に休む人に適当

な陽の斑《ふ》を作るのが楽しい。梅檀の木の下に行くと風がある、と皆が喜ぶのも、いつもこの小さな葉がさやさやと梢で音を立てているからで、それにこの木のほんとうの見どころは五、六月頃の花の盛りの美しさにあるといえようか。

花は薄紫で梢一杯に拡がり、下から見れば藤の花房を細かくしたような可憐《かれん》な感じで空いちめん薄紫にかすんで見える。梅檀は双葉より芳しという梅檀は白檀《びやくだん》のことだが、こちらの梅檀も花の頃には木も花も含めて何となくかぐわしいような気がするのは気のせいなのだろうか。

小さいときから見馴《みな》れたせいかおしんさんはこの花が大好きで、国語の時間、万葉などでよくこの花を樗とも楝（おうち）とも書いてうたった作に出会い、嬉しく思ったものだった。風薫《かお》る初夏の季節、薄紫にけむる街路樹は外国のライラックにも比していかにも南国らしくロマンチックな花に見えるのである。

秋はまた秋で楽しく、花が落ちたあと種子が実り、黄色いさくらんぼのように長い茎をつけて梢にいっぱいぶら下る姿はかわゆく、これはひよどりやつぐみの餌《えさ》になるという。

幹はさまざまに用いられるが、葉は殺虫剤、樹皮は人体の駆虫剤としても役立てられるそうな。この木に対する評価というのはまちまちで、高級家具や琵琶《びわ》の胴、お寺の木魚にもなる材だから尊いとするむきもあれば、昔から洋の東西を問わず、獄門の梟木《きようぼく》として使われるためにいちじるしく品格の低い木だとする人もある、と聞いたのは茂造からだったろうか。

雨の多い土佐では樹木も大きくなりやすいが、浜田の家の栴檀も年々大きくなり、のちには一抱えもある大木になってしまって、これは茂造の一の自慢となった。

同じくらいの大木には、高知公園の追手門《おうてもん》を入ったところ、板垣退助の銅像わきに天を摩すほどの大木の栴檀があり、茂造はよく、

「追手門の栴檀か浜田の栴檀か」

といって人に吹聴《ふいちょう》したものだった。

下駄屋の家に栴檀があるのはお目出たいしるしとして、以後ずうーっとこの栴檀の木を大切にし、酒の好きな茂造は戦前まだ配給でない頃にはよく一合の晩酌を徳利の底に少し残し、それを翌朝庭の栴檀のもとにかけてやりながら、

「お前を伐るときは、この浜田家のつぶれるときじゃぞ」

などといっていたことをおしんさんはよく覚えている。

下駄の材は、浜田工場で作るものは桐などの上等品でなく、茂造の父親がやっていたように、何の木でも安い余り材を買って来て作っていたが、下駄は戦前のほとんどの人間のはきものだったから、丈夫で長持ちするほうが喜ばれたものである。

俗に、固い木の順に、一ぐみ、二樫《かし》、三椿《つばき》などというが、あまり固い物は細工に向かず、茂造は近くの製材工場などと契約して杉下駄、檜《ひのき》下駄、樫下駄、さわら下駄とふだん下駄専門に

作っては小売商に卸しているのだった。

梅檀は温暖の地の樹木だから水分をたっぷり吸っていて、伐っておいても枯れにくく、そのために下駄に作るとしたたかに重い。重い下駄はよそゆきや年寄りには向かないけれど、その代りしっかりとしていて乱暴にはいても割れたり欠けたりしないので若い者のふだんばきや水仕ばきにはぴったりで、とくに梅檀下駄と名指しで買いにくる客もある。

この浜田工場に明さんがやって来たのはいつ頃だったろうか。おしんさんにははっきりしたその記憶はないが、小学校を卒業して県立第二高女に合格した春には、もうちょっと弱々しそうな明さんが父と二人、仕事場に坐っていた記憶があるから、あるいはもっと昔からの職人だったのかも知れない。

この頃はまだ下駄も全部手造りで、工場といっても部屋の中には電気鋸が一台あるだけ、下駄の形を墨で原料に描き、それをけずるだけがこの電気鋸の役目で、他には鉋《かんな》で背合わせをして右左の高さをきちっと揃《そろ》え、それから庖丁《ほうちょう》で鼻まわしという、前と後の丸みを作り、あと鼻緒をすげる穴を稲妻という道具を使ってぐいとあけ、その穴に鑿でみぞを掘っていく。

とくさでみがくのもほんとうは職人の仕事だけれど、他に人手がないのでこれは母のたかが手伝う。

木屑にまみれた仕事場で、明さんはいつも両足先で下駄をはさみ、鑿や鉋を使って一心不乱に仕事をしていて、昼間はほとんど口をきくことはなかった。食事は家族と一緒だったが、それでも身上話をするでなく、目立つことをいうでなく、いつも黙々としている明さんをおしんさんが意識しはじめたのは女学校二年頃のことではなかっただろうか。

たしか太平洋戦争の始まる夏のことで、近くの昭和小学校の校庭で最後の盆踊りをすることになり、夜毎稽古《けいこ》に出かけて行くおしんさんがその夜も稽古を終って戻ると、仕事場に灯《あか》りがついていてまだ背を丸めて仕事をしている明さんの姿があった。

その明さんのわきを通って自分の寝間に行こうとすると、後からふと、

「おしんちゃん」

と呼ばれ、振り返ると明さんがいまみがき上ったばかりの下駄を差し出して、

「これ盆踊りにはいてみや」

というなり前垂れの上の木屑をパッパと払って便所の方へ立って行った。

おしんさんがそれを灯りのもとで見ると、ここでは商売用の男下駄も女下駄も全部二枚歯の同じような形ばかりしか作っていないのに、差し出されたものは高知では見たこともない駒下駄で、昔子供の頃はいた塗りのポックリと下駄を継ぎ合わせたような可愛い形のものだった。

「まあ」

とおしんさんは驚き、すぐさま奥へかけ込んで母親に、

「明さんがこんなもの作ってくれた」

と見せようと考えたが、ふとそれをとどめる気持があったのは、何かを感じたせいだったろうか。

おしんさんはその夜はそれを机の下に置いて眠り、これにきれいな鼻緒をすげ、きっと盆踊りにはこうと思った。その頃もうそろそろ物もなくなりかけており、下駄の鼻緒なども女ならたいてい芯《しん》に新聞紙を入れ麻糸を通し、あり合わせの切れで作っていたものだった。

おしんさんは翌日、母親にねだって余り切れを入れてある柳行李《やなぎごうり》の中をまぜ返し、羽織の裏だった赤地に小さな鼓の模様のある甲斐絹《かいき》の端切れをもらい、それをたっぷりの幅にくけて可愛い鼻緒を作り、一人でその駒下駄にすげた。甲斐絹はたて糸が弱くてすぐ横に裂けるのでとくに大事にはかなくてはならず、それはその緒をすげてある台の駒下駄をも大事に思う気持にも通い、すげ上ったときおしんさんは思わずそれを胸に抱きしめたものだった。

明さんにこれを見せなくてはと思いながら、狭い家のことでその機会はなく、いよいよ本番の夜、妹と一緒にそれをはいて学校の会場に出かけたが、そのはき心地のよさ、それにまるでポックリのような胸はずむ快い響きがあった。

裸電燈を引いた櫓《やぐら》の灯りが斜めに踊りの輪を照らしており、その灯りの届く先、また見物人の輪があって、おしんさんが踊りながら廻って行くある一角、ふっと目を上げたすぐ近くに、浴衣姿で腕を組んでじっと自分をみつめている明さんの目があった。おしんさんはどきっとし、一瞬踊りの手を止め、それから明さんの目につくように駒下駄をはいた片足をぴょんとあげて見せた。

たったこれだけの通い合いでしかなかったけれどこの光景はありありと胸の底に灼《や》きつき、その後いく十年、夏の夜の盆踊りの囃子《はやし》を聞くと必ずおしんさんの脳裏によみがえって来る。月の冴《さ》えた晩だった、お囃子はよさこい節と鹿児島おはら節だった、そして明さんの着ていたのは白い蚊絣《かがすり》だった、とまるで写真のようにきっかり覚えているのは、この夏の行事も風俗もまもなく戦争によって中断されてしまったその愛惜の気持も加わっていたのだろうか。

明さんとはゆっくり話をするでなく、ただこの珍しい駒下駄を両親に見せてはならないと一人心に決めて、はいて戻ればすぐ下駄箱にしまい、なるべく人目につかないように振舞ったことを覚えている。

両親もあるいは気付いていたかも知れないが、さして家中の話題にするほどのこともないと考えていたのかもしれない。

長い間一つ釜《かま》のご飯を食べ、上、下で眠っていながら、あまり言葉を交わさないというのもおかしなものだが、その頃のおしんさんは明さんとの共通な話題もなく、ただ朝夕食事が一緒だったことで何となく心も暖かな兄妹のような安心感に包まれている頼もしさがあった。

戦争はそのうちますます激しくなり、たかはみがきの仕上げの座に坐るどころではなく、家中の食糧の確保に走り廻らなければならなくなり、また原料も次第に手に入らなくなって、茂造はよく、晩酌用の酒の配給もない夕食で味気なさそうに、

「いよいよとなりゃあ庭の梅檀の木を切らにゃあいかんが、やっぱりこれは最後の最後にしよう」

と未練そうにいうのだった。

昭和二十年早々に最初の空襲があったあと明さんにもとうとう赤紙がやって来、そして茂造のいっていたように、梅檀の木も最後の日を迎えることになった。これほどの大木なら人夫を雇うのが能率的だったろうが、その頃もう目ぼしい男はおらず、たいていのことは女子供で間に合わせていたので、唯一の両挽きの鋸を使って二人で切ることになったのだったが、このほうが長年馴染《なじ》んだ梅檀の木との別れにはふさわしかったとおしんさんは思う。

二人の力によって梅檀の木は枯れた小枝を細かくふるわせながら徐々に傾いていき、支えにしてあった梯子にとうとう身をもたせたが、やはりその瞬間というのは衝撃的であり、おしんさんは庭中に一種の咆哮《ほうこう》が満ち渡るような気がした。パックリと切口を見せた梅檀の木は白く神々しく、そして痛々しかった。

ほんとうならばこの木を枯らし、水分をすっかり取り去ってのち下駄に作るのがいいのだけ

れど、明さんには念願があり、その伐り倒した木を即刻また細かく下駄の寸法に切りきざんでのち、それを抱えて仕事場に入ったきり、わき目もふらずの仕事ぶりだった。なかで町内の人たちが形ばかりに開いてくれた壮行会にちょっと顔を見せただけで、昼も夜も、警戒警報のサイレンにも壕《ごう》に入らず、この梅檀の木に取り組んでいる姿が見られたのだった。

いよいよ入営の朝、ほとんど徹夜で作り上げたらしい下駄を小脇に抱えて朝食の膳にあらわれ、

「親方さん、皆さん、お世話になりました。庭の木を切らせてもろうてまことに申しわけない。これがわしの形見と思うて下さい。おひとりおひとり心をこめて作りました」

と茂造には男下駄、たかとのり子には二枚歯の女下駄を、そしておしんさんにはあの盆踊りの日に試作をしたという駒下駄を作ってくれてあった。

家中の者は胸溢《あふ》れ、茂造は、

「おまえ、入隊まで僅《わず》かしかない時間、こんなことをしてもろうて……」

といいさして涙ぐみ、それに誘われたように涙を見せてはならないお目出たい入隊の朝なのに、女三人しばらくはうつむいて鼻をすすりあげるばかりだったのである。

あの日から数えてみればもう三十五年という長い長い月日が経った。

十年ひと昔というけれど、もう四昔近くも過ぎてしまったいま、おしんさんは今年この一月

に五十三歳の誕生日を迎えることになり、そしてしきりにあの日の庭の梅檀の木を切り倒した光景が目に浮かんでくる。

第二乙種の明さんはまさか外地へ連れて行かれることはあるまいと家中で噂《うわさ》していたが、まもなくビルマから元気でやっていますという葉書が届き、それをもらってのち女三人は心をこめて慰問袋をつくって送った。が、それが着いたかどうかも判らないうちに終戦になってしまった。

明さんの実家から戦死の知らせが届いたのは終戦後のことで、聞けばあの葉書が着いたあたりにビルマで戦死をしたらしいという。そのときおしんさんは、何故《なぜ》か判らず拭いても拭いても涙がひとりでに流れて仕方がなかった自分の姿を思い出す。

明さんは赤紙が来たとき、明日ない命と思い定め、あの庭の梅檀の木で自分に駒下駄を送りたかっただろうが、一人だけではばかりがあると考えて、家族全員に最後のプレゼントとして下駄を作ったものだったとおしんさんは思った。

今日までの長い流れのあいだにおしんさんは人並みに結婚し、子供も生み、そしてその子供たちはみんな育って行って、いま身の廻りは静かな境涯となっている。下知の家が七月四日の大空襲で焼けたこと、結婚後両親が相ついで亡くなったこと、ものの乏しい時代に子供を育てたこと、いまの安泰なくらしを築きあげるまでは必死で漕《こ》ぎぬいて来た人生だと思っていたけれど、五十を過ぎて世のなかが見渡せるようになってみれば平々凡々、何の取り立てて話すこともなかった歳月だと思う。

このなかでたった一つ、おしんさんの胸を暖かくしているものがあるとすればそれは明さんとの思い出だが、それも息子や娘に話せば笑われるかも知れないと思い、一度も口に出したことはない。

いまは下駄などはく人はめったにいなくなり、はいている人があるとすればそれはほとんど桐下駄ばかり、昔と較べ道もよくなったから桐下駄でもいいのだと納得しつつもおしんさんはやはりちょっとさびしい。実家のような下駄工場など高知の町では全く見かけなくなったし、第一下駄屋という店はなく、下駄は靴屋か和装店でしか売ってはいないのである。

あのとき、明さんに贈られた形見の駒下駄をいったいどうしたかしら、とおしんさんはこの頃ひょいと思い出すことがあるけれど、どういうわけかふとその記憶は途切れてしまっている。たぶん焼夷弾の火で焼かれてしまったのだと思われるが、もし今日まで大事に持っていたとしてもあの重い栴檀下駄はもうはくことが出来ないと思う。

そのくせ明さんの戦死を信じていない自分もあり、南方の島に生き残っていた旧日本兵のニュースなどに接したときにはどきりとすることもある。ひょっと明さんはビルマの原住民に混り、向うでいまでも下駄を作っているのではないかと考え考え、さやさやとそよぐ栴檀の紫の花を眺めながら五月の町を歩くとき、おしんさんは何かしらの幸福感に満されるのである。

おけいさんと日曜市

毎年梅雨の頃になるとおけいさんは空と裏山を見上げてそわそわし、そして何となくゆううつな気分になる。

裏山といっても家の庭伝いにほんの一足あがればよいほどの小山だが、そこには雄雌合わせて三本の大きな楊梅《やまもも》の木がある。楊梅は太平洋側の黒潮洗う岸に自生する常緑の高木で、四月頃開花するこの花は高知県の県花である。

千葉、静岡、和歌山など他の温暖の地にも楊梅の木はあるが、高知ではこの実をとくに珍重し、季節の先兵として食べるところにも県花と定めた由来はあるらしい。楊梅には、男木《おぎ》と女木《めぎ》があり、春、梢《こずえ》に小さな実を結び、それがみるみる膨らんで梅雨の頃には大きなもので直径二センチ、小さなものでも直径一センチほどの赤紫色の実がかたまって熟してくる。

よく熟れた大きな実はたっぷりと汁気を含み、一種の香気があって甘くおいしいが、腐りやすいことも他の果物に比をみないほどで、朝採った実は夕方にはもうつぶれて腐臭を放ち、食べられなくなってしまう。出盛りの時期も短く、いうなればこの一瞬の味がとくに味覚を昂《たか》めるという醍醐味《だいごみ》にもなるのだろうか。近年品種改良して空輸にも耐えられるようにはなったが、それでも朝採りのものをすぐ食べる味にはとうてい追いつかず、この果物の命の短さの前には、冷蔵庫の威力もさして頼みにはならないのである。

土佐名産とはいっても高知県全域のものが食べられるわけでなく、昔から高知市の東、十市《とおち》村の海岸地方の品がとくに優れ、どうせ食べるなら十市のものを、と季節には皆争って買ったものだった。

高知市江《え》の口《くち》に生れ育ったおけいさんがその楊梅の名産地、この十市の西峰家へ嫁いで来たのは三年前だが、楊梅について子供のときから消費者であったおけいさんと、いま生産者の家族となったおけいさんとの隔たりがこれほど大きいものとは想像もできないことだった。

おけいさんの実家は文房具屋をやっており、家族一同果物が大好きで、梅雨に入るといつも空を見上げながら、

「十市の楊梅売りはまだ来んか知らん」

と家中で待ち兼ねたものだった。

その楊梅売りのおばあさんがリヤカーを引きながら、

「ももえー。ももえー」

と大きな、そして澄んだ呼び声をあたりに響かせながらやって来ると、おけいさんの家では

ざるを持ち道路に飛び出して行って、五合とか一升とかを升で計ってもらったものである。

熟れた楊梅は小指でつっついてもすぐ汁が噴きだすほどふくらんでいるので大事に扱い、盆の上で少し塩をふって揺りながら間をおかず家中ですぐ食べてしまう。両親の話だと昔高知の町では梅雨のさなかからあがる頃の五、六日のあいだ、町中楊梅売りの声であふれたといい、どういうわけか、

「楊梅えー。楊梅えー」

とはいわず、

「ももえー。ももえー」

の一点張りで、そしてまたこれも理由は判らないが、

「お銀のちぎった大ももはえーっ」

というのが流しの呼び声だったという。

昭和二十八年生れのおけいさんの記憶では、江の口あたりを流して来る楊梅売りはもうこのおばあさん一人になっていたが、ほどなくこの人も姿を消してしまった。

何しろ高知市から十二キロも離れた十市の村から、リヤカーを引いて楊梅を売りに来るというのはなみなみならぬ重労働であり、おばあさんが姿を消した時期あたりから、楊梅はもう果物店にきれいな木箱に入れられチラリと見るばかりの、たいへん高価な果物になってしまった

感がある。昔、たくさんだった頃には「楊梅の早食い」で、中のたねを出す間も惜しくて丸呑みをして早く食べたことや、また「楊梅の選《よ》り食い」で熟れたのから順に口に入れ、青いものは全部捨ててしまった話を両親から聞きながら、おけいさんは「一度でいいから楊梅をいやになるほど食べてみたいなあ」とよく思った。

十市の楊梅がとくにおいしいのは亀蔵という品種だからであり、他にピンクがかった白ももあるがやはり視覚的にも濃い赤紫のほうが美しいし味もずっとよい。

その後おけいさんは長じて高校を出、家業を手伝うかたわら中央公民館の青年学級のお茶の稽古《けいこ》に通い、そこで知り合ったのが現在の夫西峰哲夫だったのである。西峰の家は代々十市村の地主だったが、戦後の農地改革で大部分田畑を取りあげられ、幸い母の菊子は農家の出で多少経験があったため父親とともに残った田畑を耕作して来たのだという。父親は先年亡くなり、そうなると僅《わず》かな田畑でも女手に余り、哲夫は勤めの合間に母親を手伝っているそうであった。

この西峰家へ嫁を迎えるとなると、当然母親の農業の手助けをしなければならないが、いまは農業を手伝う嫁というのは金のわらじで探してもないといわれており、そうでなくてさえおけいさんの実家の両親はくらしも全く違う郡部の家へ、それも母一人子一人のところへ嫁いで、果して娘がやっていけるかどうか大いに案じ、ここが二人の結婚の大きな障害点だったのである。

このとき哲夫は母の菊子といく晩もとっくりと話し合い、結論として出したのが農業は菊子限り、もらった嫁は家事こそ手伝ってもらうかも知れないが田畑へは一切出さないという固い約束が出来、それならというのでやっと話が整い、晴れておけいさんが嫁いで来たのが三年前だったのである。

農業を全く知らないおけいさんは、西峰家に入ってみると見るもの聞くもの珍しいものばかり、中でも一番驚いたのは姑《しゅうとめ》の菊子の働きぶりで、毎日一人で田畑へ出るばかりでなく、日曜日ごとに日曜市へ自分の作った農作物を売りに行くことであった。

この頃農村はさま変りし、上手に労務管理をして週一度くらいの休みはとるものと思っていたのに、聞けばそれは大百姓の機械化された家のことで、西峰家のように家の用を充たすだけのわずかな小百姓は、昔ながらに一年三百六十五日、休みなく田畑へ出なければたちまち雑草が伸びて思うような収穫はできないという。

おけいさんは結婚直後から台所を受け持ち、一所懸命勤め、ときどきは、

「お母さん疲れませんか」

とよく聞くのだけれど、菊子は遠慮しているのかそれが本音なのか、

「いーえの、あんた百姓はええものぞね。太陽のもとで土に親しむのじゃもの、健康でこの上なしの仕事じゃと思うよ。それに種から育てて収穫するときの喜びもまたひとしおじゃきにね

え」

と朗らかにいい、それを聞くとおけいさんは、お母さんはほんとうに百姓仕事が好きなのだなと安堵《あんど》するのだった。

たしかに、毎日のおそうざいも、ときどきスーパーで調味料や魚肉類を買いこそすれ、野菜だけは夕方菊子が畑から引き抜いて来たパリパリのものを食べられることは何より有難く、おけいさんはこちらに来てはじめて新鮮な野菜のおいしさというものを知った思いがする。

哲夫は毎日家から車で会社へ通い、夕方帰って来るが、この頃はバイパスが出来たとはいうもののやはり朝晩は渋滞し、八時半始業の会社には家を七時前に出なければ間に合わぬ。七時に出るには六時すぎに食事の仕度が出来ていなければならず、やはり田舎のくらしというものはサラリーマンでもずい分早起きしなければならないものだなあ、とおけいさんは実感したものである。

週六日は毎朝ねむい目をこすりながら早起きしているのだから、せめて日曜くらいたっぷり朝寝してみたいというのがおけいさんの結婚以来の念願だったが、姑が日曜市へ売りものに行き、夫がそれを運ぶ役となればそれは許されなかった。

日曜市というのは高知市の街路に立つ露店市で、おけいさんならずとも市民なら皆昔からとても馴染《なじ》み深いものになっている。最初に出来たのは明治の初年で、そのときは本丁通りの片側だけにあり、夏と冬とで日の当らない側に入れ替えしたそうだが、その後拡がり、日曜だけでなく月曜は浦戸《うらど》町、火曜は新市《しんいち》町と市民の便宜をはかって開かれ、おけいさんがよく行ったのは愛宕《あたご》町の金曜市であった。

曜日の市は近辺の住民の用を満たし、それはスーパーという便利なものが出来た今日でもなおすたらず、すたらないどころかますます発展し、とくに日曜市はいまや追手筋《おうてすじ》一キロにわたっての隆盛を見るようになった。

街路市が発展した大きな理由は、スーパーなどでは得られない売り手と買い手の心の交流にあることだといわれ、げんにその通り、二代三代にわたっての売り買いの馴染みができている。日曜市露店の店割りは何十年の昔からちゃんと決っており、客もまた近郷の何村の何さんという名前を覚えていてさまざまな注文があり、例えば、

「今度の日曜にたくあんの古漬を持って来て頂戴《ちようだい》」

と頼んでおけば「はい、はい」と受け合い、それが自分の家になくても近所からゆずってもらって、その用を足してやるのである。

日曜市一キロのあいだは農作物ばかりでなく、乾物、干物《ひもの》、小動物、植木から古物商まで並んでいるが、ひやかしの客と売り手がやりとりするのも互いに楽しみなもので「日曜市の品は決して安くはない」という風評が一部にありながらも年中賑《にぎ》わうのは、ここがレクリエーショ

ンを兼ねているところにあると思われる。

明治の頃は売り手は地上にふごやむしろを敷き、それに商品を並べて売っていたらしいが、だんだんとときが経つにつれ、露店だった街路市は上にテントを張るようになり、そのテントの組立ても竹竿《たけざお》からいまは鉄製の棒となり、さっと組み立てれば出来上るようになって雨の日でも日曜市は決して休まなくなったのである。

姑の菊子は、土曜午後になると畑の野菜を抜いて来て洗って束にし、トラックの荷台に積み込むのに大わらわで、その他に客に頼まれたのか近所を廻ってソバ粉とか干したゲンノショウコとか、唐がらしの束、甘蔗《かんしよ》など添えることもあり、またときには畑でつかまえたキリギリスやカブト虫も、

「町の子供が欲しがるろうきに」

と虫かごを買って来て入れて持ってゆく。

商いだからキリギリスもただではなく「なんぼ?」と聞かれると、

「こばん(虫かご)ごと五十円でええわね」

ともと値で売ってしまうのである。

おけいさんが思うのは、木箱に腰をかけ、一日中自分の商品の店番をするのはなかなかにきつい仕事で、食事は弁当を食べながら客との対応も出来るけれども、手洗いには両隣の人に声

を掛け、替り合って近くの施設のを借りねばならない。

家は豊かで日曜市の売りあげなどあてにしないでもいいのに、お母さんはどうしてそれを止《や》めないのだろうとおけいさんはずっとそれが疑問だった。いや疑問どころでなく、大いに不満を持ちつづけている。

約束だから田畑に出ないでもいいけれど、ふだん家にいても姑が一人忙しがっているとこちらもそわそわし、何をしたらいいのか気を揉《も》むし、とくに日曜市を終えて帰ってくるとさぞかし大へんだろうとその心配はなみ大ていではない。

梅雨の季節、裏山の楊梅が熟れ始めると名物十市の楊梅だといって姑はこれを市に並べなくては気がすまず、そうすると腐りやすいこの品を採るのに東の空が白み始める四時頃から哲夫は姑に起こされ、二人で裏山に登るのである。

楊梅の木は大木で、売る必要のないももならば下に大きな魚網を拡げておき、木の上にあがって揺すぶると熟れたのも熟れないのも無差別にぱらぱらとこの魚網に落ち、それこそ「選り食い」をしてよいものだけを食べられるが、商品となるとやはり腰に目盛り籠《かご》をくくり着け、哲夫は梢近くまで登って手でちぎるのである。

土佐の言葉で「楊梅の木ははそい」という通り、木の枝はもろく折れ易く、突然ミリミリと折れることがあっていままで哲夫はいく度も下に落ちたことがあったらしい。が、長年やりなれていればはそい部分というのは自然に判り、この頃では怪我もせずうまく早く採れるようになっている。

おけいさんは、夫と姑が夜のしらじら明けに起きて裏山で働いているのを、嫁が寝床で高いびきで寝ているわけにはいかないと思い、去年から自分も起きて二人のあとに続き、哲夫が採る籠いっぱいの楊梅から枯葉やゴミをとり除き、菊子が用意した木箱に並べるくらいは手伝えるようになった。

大好きな楊梅なので、ときどきはつまんで口に入れる喜びを味わうことは出来るけれど、何故《なぜ》こんなにまでしてという思いは捨て切れず、

「お母さんもう少し楽をすればいいのに」

と口まで出かかった言葉を呑み下すこともしばしばだった。

一年のうちで楊梅の熟れるのはわずか一週間、日曜日は一回だけれど、おけいさんは毎年この一回の日曜がどれだけ嫌だったか、それはこの地で、この習慣のなかで育った哲夫には話してもとうてい判ってもらえるものではないと思う。早起きするのも嫌だけれど、家同士で食べればよいものを、何故勤めに出て疲れている哲夫を使ってまで日曜市へ売りに行くのか、考えれば腹立たしくさえなってくるのであった。

楊梅は隔年毎の実成《みしょう》というが、ならない年も全くないわけではなく、収穫量が少ないという

だけでやはり例年通り日曜には朝早く起きて市へ持って行く。

今年はなり年で、その前日の土曜の夜、哲夫は久しぶりに表座敷で茶を点《た》て、おけいさんと二人であれこれのよもやま話をしていたところ、姑がいきなり入って来て、

「哲夫、今年はなり年じゃきに楊梅はどっさりじゃ。今晩は早う寝んと、明日の朝よう起きんよ」

といい捨てるなり足音荒く、とおけいさんには聞えたが、自分の部屋に入って寝床を敷いている音が聞えた。

瞬間おけいさんはしんとし、心に毒針でも刺されたような思いになって早々に茶道具を片づけ、寝室にしている納屋の二階へ上ったが、その夜は少しも眠れなかった。

やっぱりお母さんは私が農業を手伝わんことを不満に思うちょる、夫婦二人で茶を点てて楽しんだりするのを農家の嫁には似合わないと思うちょる、それならそれであたしだけいうてくれればよいものを、と思いはじめると過去の姑のちょっとした言葉の端々まで次々思い出され、姑は私を憎んでいる、というところまでエスカレートしてしまい、その果てはわずかな家のなりものを息子を追い立てて採り、市に持っていって売る姑がいかにも欲の深い女に思われてくるのだった。

寝床で輾転《てんてん》としているうちに枕許《まくらもと》の夜光時計が三時を指し四時を指した頃、納屋の下から姑

の、

「哲夫、哲夫」

と呼ぶ声が聞え、哲夫は例年のようにその声に起こされ、作業ズボンをはき、眠気ざましに頭を振りながら降りて行った。

おけいさんは、ゆうべの姑の荒々しい言葉がまた耳によみがえり、どうしても今年は手伝う気にならず、そのまま寝床を出られなかった。やがて朝日のさしそめる頃、二人が裏山から帰って来て、姑は台所へ、哲夫は部屋に入って来、

「どうした」

と聞いたが、おけいさんは、

「ちょっと頭が痛うて」

と起き上がらず、二人は哲夫の運転するトラックに楊梅の木箱をのせ、日曜市へと出かけて行った。

そのあとおけいさんは何だかとても悲しくなり、こういうときはやはり実家の両親に会いたくなって、結婚以来はじめて無断で一人里帰りすることにした。

いま頃は追手筋の日曜市で、哲夫はテントを組み立てているだろうと思いつつ久しぶりで江の口の実家の前に立つと、日曜で表のシャッターが下りており、わきの出入口から入ると、両

親は庭とも呼べない狭い地面に棚を作って並べてある盆栽の手入れをしているところだった。

父親は振りむいて、

「お、けい子、一人か。哲夫さんは市か。手伝わんでもええのか」

といいながらちょうど一休み、と煙草に火をつけ、座敷に上って来て、

「もう楊梅の季節じゃのう。今年はなり年じゃと新聞に出ちょったが」

と梅雨の頃なら当然その話題で、母親も茶を入れながら、

「忙しいろうね。楊梅ちぎりは。お母さんは今日あたり市へ持っておいでちょるのと違うかね?」

と聞き、おけいさんがうなずくと、

「あんたところのお母さんは、あの何百とある日曜市のなかでも〝十市の西峰のおばさん〟というて有名なそうじゃねえ」

といい、それはこのせつ朝採りの楊梅を市へ出すのにはとほうもなく早起きしなければならず、それも昼頃までに売れてしまわなければすぐ腐ってしまうところから「労して功なし」の感が強く、いまでは日曜市広しといえども季節に楊梅を並べるのは西峰のおばさん他二、三人だけになってしまったのだという。

それでも土佐の人間のなかには楊梅どきに楊梅を食べておかねば夏が来ぬ、という頑固者が

おり、そういう人たちから西峰のおばさんは絶大な信用を得ているそうであった。

母親は菊子の律義さをほめて、

「なかなか真似のできんことよねえ。この頃は苦しいことは皆逃げたがる。菊子さんはもう何十年、きっちりとお得意さんのために亀蔵を届けよるそうな」

「菊子さんには土佐の名産を守る気概がおありじゃろのう。ぜに金だけではできんことじゃ」

と父親もいい、その言葉を聞いているうち、おけいさんの心のなかにずっとうずくまっていたしこりが少しずつほぐれて行くような感があった。

今日ここまでやって来たおけいさんの気持を、両親に打ち明ければ「たったそれだけのこと」と笑われるかも知れないが、それだけにお母さんを欲に目がくらんだ女だと怨《うら》み、それを批判もせずに手伝う哲夫にも腹を立てていた自分の心の狭さを、おけいさんはいまとても恥かしいと思った。菊子の心のなかには、年々うすれてゆく季節感に対する愛惜というものが根づいており、ふと視点を変えれば、それを察して休日にも黙々と手伝う哲夫も、またできた人だといまにして感じるのだった。

母親は菓子鉢をあけて、

「楊梅はもうここまで売りにこんから、おまんじゅうでも食べなさいや」

とすすめてくれたが、おけいさんは瞬間その匂いが鼻につき、

「何だか吐きそうや。要らん」

といぅと、母親は、

「けい子、あんたお目出度やないかね。もうそろそろやと思うちょったが」

と聞いた。

そういえばここしばらく生理をみず、ひょっと今朝からの気持の動揺は体の変調から来たものではないかという気もし、もしそうならどんなに嬉しいだろうかとおけいさんは思った。いまは憑《つ》きものの落ちた気持と、赤ん坊への一種の期待感で急に里ごころがつき、これから日曜市へまわり、嫁いではじめて、姑の出している小さな露店を手伝ってみようと思いついた。

まだ哲夫も姑のそばにいるかも知れず、早々に両親に挨拶して帰ろうとし、おけいさんはふと二階に上って末の妹の本箱から自分の残してある本の背表紙を探し、樋口《ひぐち》一葉の「十三夜」の文庫本を取り出してバッグに入れた。

昔、これを国語で習ったときはよく理解できず、良人《おっと》につらく当られて実家に戻ってきたお関が、両親に因果を含められて泣く泣く帰るのをふしぎな気持で受け取ったものだったが、今朝以来おけいさんは何となくこのお関の心情を思い出していたのだった。

が、いまおけいさんは「泣く泣く辛抱」ではなく、からりと明るい梅雨の晴れまのような気持になって日曜市の追手筋への道を歩いている。

もし妊娠していたらきっと丈夫な子を生み、将来は父親哲夫を手伝って楊梅をちぎり、ときには祖母の日曜市の手助けもするような、しっかりと足の地についた子の育てかたをしよう、と心に決めているのだった。

おたねさんと長尾鶏

はい、私は姓名窪島《くぼしま》種尾、年はつい先頃七十八歳と相成りました。格別お話申し上げるようなこともございませんけんど、しいていいますれば五十年余り、長尾鶏《ながおどり》とともに暮してきた人生とでもいえますろうか。

実はこの春、私は生れて初めて飛行機というもんに乗り、東京の林野庁会館に収められております亡き主人畢生《ひっせい》の作、観世という名の長尾鶏に実に三十年ぶりに会《お》うて参りました。もちろんこれは剥製《はくせい》になっておりますが、主人と一緒に私が育《はぐく》みそだてた観世はいまもやはり生きておるときと同じような、あのつぶらな目をしてガラス箱のなかから私をみつめてくれたのでございます。トサカの色も鮮やかに、富士の冠雪といわれた胸毛も美しく、そして何よりあの自慢の長い長いシッポが昔どおり少しも艶《つや》を失わず、止まり木からあまって床の上に幾重にもうねっているのを見て、私は思わず愛称だった「ココちゃん!」と呼ぼうとしました。ガラスケースを開け、その長い尾を私のこの手でうしろから支えながら床を歩かせてやりたくなる衝動にかられ、困ったほどでございました。

今年の一月、鈴木首相が東南アジアを歴訪されたとき、さち夫人がマレーシアの首相ス・ハイラ・フセイン・オン首相夫人へのおみやげとして、私の家で育てた長寿という名の長尾鶏をプレゼントされました。今年は酉年《とりどし》でございますきに、首相夫人もお目出たい贈り物として、国の特別天然記念物に指定されております高知県の長尾鶏を贈られたのでございましょう。

いまこの長寿が土佐では最高のものだとされておりますけんど、剝製となった観世には尾の長さではまだまだ及びもつきません。観世は何と尾の長さが七メートル、史上最高といわれておりますが長寿はまだ一メートル余りでございます。しかしまだ四歳鶏でございますきに、マレーシアの動物園で可愛がっていただきましたなら、ひょっと観世と同じくらいのよい長尾鶏に仕上がることかと思われます。

このとき私を東京まで連れて行ってくれたのは一人息子の蔵太でございます。蔵太も来年は還暦、二人で観世の姿を目の辺り眺めたあと、帰り道ではそれぞれにとても思いの深いものがございました。

長尾鶏のおはなしなど申し上げても、鶏などいま家庭で飼うことなどほとんどなくなってしまったご時世ではご退屈かもしれません。が、私と蔵太にとっては単に鶏のはなしというだけでなく、そこに切っても切れぬ親子の絆《きずな》という因縁を強く感じるのでございます。

いまさら身の上話も恥かしながら私明治末年の生れで、母は山内侯爵家に長い間奥女中として務めていた家でございました。お暇をもろうて土佐へ帰り、晩婚で私ひとりが生れましたそうで、ものごころついたときの母親というのはすでに老いた姿しか記憶になかったのでございます。

父は私の八歳のとき、母は十二歳のときに亡くなり、そのあとは叔母夫婦に引き取られましたが、私が成人するまでのものは母が山内家からのさまざまの賜りもので充分足りていたようでございます。昔はくらしもしやすく、つましくすれば親の残してくれたもので一生を過していく人などいくらもございました。

私、母の残したつづらの中に姉さま人形のあるのをみつけ、それに切れを着せて楽しむのが母を早うに亡くした私の唯一の楽しみでございました。叔母はそんな私を見て、

「いつまでも人形ごっこかね」

と笑っていましたが、叔母たちには女の子がなかったこともあって、私は両親のない悲しみをさしてつらくも感じず大きくなったように思います。

十七、八から二十の頃まではその人形遊びの延長と申しますか、きれいな着物が縫いとうてお針ばっかりしておりました。近所にお針の塾があって、そこで習うておりますうち、手がたつようになると呉服屋さんのええ物を縫わしてくれますので、私の場合、くらしに心配なく毎日楽しんで娘時代を過したという感じでございました。

が、それも二十すぎ二十一、二十二になりまして、嫁入りもせずお針ばかりしておりますと、周りも詮索《せんさく》的な目になってまいります。べつに選《よ》り好みするわけでもありませんのに、その頃叔母のもとに持ち込まれる縁談はみんな帯に短したすきに長しでございまして、というのは、こちらも家系はさして立派なものではないのに、母が山内家の奥女中だったということで、中途半端な身分であり、それに見合う相手がいなかったというところでございましたろうか。

それが突然、この窪島の家に参りましたのは私二十四歳の秋、しかも相手は一まわりも年上の再婚で、六歳になる蔵太という子供までございます。私、いまでもどうして子供のある家の後妻に入ったか本当に不思議な気がいたします。叔母をはじめ周りもみんな賛成しませんでしたし、私自身も大変だなあという予感がありましたのに、何故《なぜ》この縁談がどんどん運ばれていったのか、縁というものはおかしなものでございますね。

もちろん見合いなどもいたしませず、主人の顔を見たのは婚礼の晩がはじめてでございますので、容貌《ようぼう》に惹《ひ》かれたとか、人間に魅力があったとかいうふうなことは全くございません。ただ私が一点強く心打たれたところがありますならば、主人が窪島家伝来の長尾鶏の飼育に打ち込んでいる人ということだったのでございます。

といいますのは、幼い頃母からの話に土佐の山内家が参勤交代のとき、供奴《ともやっこ》の槍の先に鶏の毛をつけていて、それを空中高く揚げて回すとき、その鶏の毛が長いためにまことに美しく見え、江戸町民の評判を呼んだということを聞いたことがございます。この長尾鶏が天然記念物に指定されましたのは、たしか大正十三年でございましたが、そのとき二十歳だった私は新聞で読み、亡き母の言葉を思い出して何やらなつかしい感じをいだいたのを覚えております。

窪島家というのは、ただいま南国市に組み入れられております高知市の東隣、大篠《おおしの》村の地主でございまして、当時はたくさんの土地を持っておりました。南国市は香美《かみ》郡、長岡郡にまたがる香長《かちょう》平野にあり、この肥沃《ひよく》な土地では土佐名物の二期作が行なわれます。年に二度もよいお米がとれ、富裕な農家の多いところでございますが、こういう土地の地主である窪島家の当主が、日夜美しい長尾鶏の保存と飼育に打ち込んでいると聞いたとき、私は生涯その人のそばでその仕事を見守りたいと、ま、言葉にすればそのようなものでございまして、何となく憧《あこが》れに似た感じを抱いたのでございました。

結婚はたしか昭和三年のご大典の翌《あく》る年だったと覚えておりますが、さて窪島家に嫁いできた私はただもう驚くばかり、地主とはいえ農家のくらしなど、叔母の家から出たこともない箱入娘の私にとっては大変なことばかりでございました。

見渡す限りの美田に取り囲まれた大篠村の住まいは、町中の日の射《さ》さぬ家で育った私にとっては素晴しい眺望ではございましたが、主人は朝起きて夜ねるまで目の色を変えて長尾鶏の世話をするばかり、それに私が一番手を焼いたのは息子蔵太でございます。よく「死に跡へは後妻に行くな」という言葉がありますように、六歳の蔵太は昨年亡くなった自分の生みの母親をよく覚えております。二十四歳の世間知らずの娘を突然お母さんと呼ばねばならなくなったのですから、彼自身も大きなとまどいと困惑を覚えたでしょうが、私自身もこの息子の取り扱いにはほとほと困りました。

何しろいうことをひとつも聞きません。家には下男が一人おりましたが、嫁いだその日から台所を私が受け持たねばならず、馴《な》れぬこととておどおどしながらやっと食事を作り、「蔵太ちゃん」と呼びに行くと「いらん」といって外へ走り出てしまい、やっと一緒にお膳を囲むようになりましたのはそうですねえ、二年も経ってからでしたろうか。

その頃の蔵太は私を困らせてやろうという魂胆ばかりで、例えば着替えさせても着替えさせても着物をすぐ泥んこにするわ、拭き掃除すればすぐそのあとへ土だんごをぶっつけるわ、わざとおねしょをするわ、口はきかないわで、そういうことに主人は一向介入しない人ですから私自身は後妻の身で叱ることもならず、いく度ひそかに泣きましたことやら。

その上に主人は、女でも炊事洗濯だけで日を送るのは勿体《もったい》ない、わしの仕事も手伝えといいだし、そうなると私も性根を据えざるを得なくなります。よし、この窪島家の嫁とし蔵太の母としまた長尾鶏に心を奪われている男の妻として、ただ泣くばかりでなくひとつがんばってみようと決心したのでございました。

長尾鶏の最初の出現は、あの東天紅という品種の鶏と、地鶏とのかけ合わせにより突然変異で尾の長いものが生れたといわれまして、それを一部の愛鶏家が育てたのがこの大篠村の農家に伝わったといわれております。品種にはいろいろございますが、「白藤」という名前のものが一番美しく、これはあの卵をよく生む白色レグホンと地鶏との交配からこういう新品種が生れたのだといわれております。

卵からひなをかえし、それを育てていくわけですが、あの優美な長い尾を持つ豪華な長尾鶏というのはこれは雄鶏だけなのです。卵を生むめすの鶏は地味でちっとも見栄えはいたしませんが、おすは飼育よろしきを得れば年々美しく尾を伸ばし、そして王者のような風格を備えて観賞に値する美鶏となってゆくのですから、これは女性にとってはちょっと口惜しゅうございますね。

で、ひなのめすは将来、卵を生むだけの鶏としてそのまま放し飼いにしておきますが、おすは毎日注意してよく育てることになります。えさはくず米と魚粉、それに緑餌といいまして青い菜っ葉をそのまま、または刻んで与えるのでございます。

たくさん生れるひなのなかにはいろいろございまして、私が世話をはじめた翌年だったでしょうか、今にも死にそうなひ弱いひながございました。おすでしたから主人も惜しがり、何とか元気に飼育したいと申しておりましたが、一日中うずくまって立ち上ることもせず、このま

までは死を待つばかりだと思っておりましたところ、一日近くの八幡《はちまん》さんの神官さんがやってきて、

「この頃どうも賽銭《さいせん》泥棒が来よるらしい。一ぺん賽銭箱を開けて調べてみてくれんか」

と頼んで参りました。

主人は氏子総代でしたのでみなと語らって八幡さんに行き、賽銭箱を開けてみますと、たくさんの銅貨とともに下にくず米が溜《たま》っておりましたのを、ごみと一緒にもらって帰ったのです。捨てるのも勿体ないし、鶏のえさにしようとこれを混ぜて与えましたところ、それを食べましたあの弱いひながその日からみるみる元気になり、しばらくの後にはしゃんと足も立って見違えるように丈夫になったのでございます。

この鶏は尾が伸びず、ついに普通の鶏で終ってしまいましたが、我が家の中ではその後一番のいたずら者になり、食事のときも平気でテーブルの上にとび上りますし、鉢植えや作物などを食いあらしては困らせておりました。しかしこういうふうに自分の子供同様に育てていくのはとても可愛いものでございまして、私もこの虚弱児の元気になったのを見て、俄《にわ》かに長尾鶏への情熱が湧《わ》いてきたように思います。

で、おすのひなはさきゆき長尾鶏に成長するものは、一年でおよそ一メートルぐらい尾が伸びてまいります。ここまでが地面での放し飼いでございまして、尾が伸びるようになりますと

止め箱と申しまして、鶏一羽入るぐらいの小さな、いまで申しますロッカーふうの木箱に入れ、止まり木に止まらせて過させるのでございます。

何故止め箱に入れるのかと申しますと、尾が一メートル以上にもなりました場合自由に遊ばせておきますと、地面でその羽を痛めますし従って伸びも遅くなります。少し残酷なようでございますが、止め箱に入れて保護いたしますと尾は少しずつ美しく伸びていくわけでございます。若鶏は一年でおよそ一メートルぐらいの割合で長くなってまいりますが、年をとるに従い伸びがとまりますので、最終的には三メートルから五メートル、まれに七メートルというのがございましてここらあたりが一番の成功例と申しましょうか。

先に挙げました観世などは、これはほんとうに稀有《けう》なものでございまして、全長七メートルなどという超ど級は前にも後にもこの観世以外には知りません。何しろ分《ぶ》どまりと申しますか、たくさんひなを育てましてもこれだけ順調に伸びていくものは稀《まれ》ですので、いったん伸びはじめたら痛めないようにそれはそれは気を使うものでございます。止め箱に入れた長尾鶏は一週に二回およそ五分ほど太陽のもとに出し、軽い散歩をさせてやります。この場合うしろからしっぽを持って一緒に歩いてやるのでございます。

飼育者が一番苦心するところは、いかに伸びた尾を立派に保つかでございまして、これは毛食い虫との戦いでございます。毛食い虫とは、洋服などをポツポツとくい荒らすあの小っちゃな虫でして、これはこまめに止め箱の床を掃除し、はえ採りの薬剤を撒《ま》いておかなければすぐ湧いてまいります。高い止まり木に止まらせましても、三メートル以上になりますと尾は下の床にあまってうねりますので、ここから毛食い虫がとりつくのです。

散歩は一週二回でも、毎日のように抱いて太陽のもとに出し、尾の部分に白っぽい垢《あか》がたまっていないか、これが尾の伸びを妨げていないかよく観察し、手でその垢をとってやらねばなりません。止め箱に入れるときは長い尾をくるくると手で巻いてたぐり、わさを作って止め箱の壁にかけておかねばならず、相手が生き物だけに尾の整理整頓《せいとん》片づけなど少しも油断できないのです。

私がここで学びましたことは、数あるひなの中から日本一の長尾鶏というものに到達していく鶏は、何といっても性質のおとなしい忍耐強いものだけでございます。土佐人は一体に短気者が多うございまして、辛抱が効きませんが鶏も同様、止め箱の中に入れられたのち、暴れたり騒いだりいたしますと、止まり木から床に落ち、自分の長い尾を踏みつけて一夜のうちにメチャメチャになってしまったという例がたくさんございます。

そういうとき、はれものを扱うように手塩にかけて育ててきた私たちの努力は一瞬にして水の泡になるわけで、そうしないためには間断なく止め箱の中を見廻らねばなりません。しかし何といっても最終的には鶏自身の忍耐によるものでございます。

あの観世も、つい先だっての長寿も、これはひなのときから実におとなしく静かな鶏でございまして、主人はとりわけ観世につきましては早くから「こいつは史上最高の記録を作るかもしれん」と楽しんでいたのでございました。

私も観世につきましてはひなの頃からまことに鮮やかに記憶いたしております。他の鶏からイジワルされても決して仕返しをせず、えさもきちんと定量を摂《と》り、何から何まで申し分のない優等生でございました。止め箱に入れてのちは微動だにせず、ほんとうにこの鶏のけなげなこと、自分自身の美しさを知り、じーっと耐えて記録を更新することに鶏ながら一つの執念を持っていたのではないでしょうか。

当時、蔵太の反逆にほとほと手を焼いていた私は、ココの世話をしながらいつも心のうちで、何故蔵太はこのココのように私のいうことを聞いてくれんのやろ、何故もっとおとなしゅうしてくれんのやろ、と唇を嚙《か》みながら呟《つぶや》いていたものでございます。蔵太の反抗に私は疲れ果て、人間はつくづくいやだと思い、この頃はほとんど一日を鶏小屋の中で過しておりました。

主人は私のその様子を見て、

「弟子越しじゃ。俺よりもっと腕が立ちだした」

などと喜んでおりましたが、私の心のうちはココに打ち込むことにより蔵太のことを束《つか》の間《ま》でも忘れたかったのでございました。

そののち間もなく世は第二次大戦に入り、長尾鶏にとっては一番苦しい時期にさしかかりました。日々主人は在郷軍人の務め、私は国防婦人会などで飼育に手の足りないことが多くなり、また農村地帯にありましても飼料の不足が日々深刻になって参ります。地主ではあっても私どもは耕作はしておらず、くず米や菜っ葉も少なくなりました上に魚粉というものが全く手に入りません。それに自家の鶏でも卵を生まなくなったものはつぶして食糧にあてなければならぬ時代、ただ観賞するだけの長尾鶏を飼うのは贅沢《ぜいたく》だといわれてもしかたなかったのでございます。

忘れもいたしません昭和十八年の春のことでございました。夕食のとき主人がしみじみと、

「魚粉が足らんせいか毎日毎日鶏が死ぬる。ひなも育たん。いままでこの窪島家は家産を注ぎ込んで長尾鶏の保存育成に努めてきたが、わしの力ではこのご時世には勝てん。先祖には申しわけないが鶏は全部処分してこの仕事はもうやめようと思う。ついてはあの観世だけは殺すにしのびんきに、誰ぞ篤志家を捜して譲ろうかと思いよる」

と沈痛な声で申しました。

それを聞いたとき私はとうとう来るべきものが来た、と思い、とたんに声をあげて泣き伏しました。私にとって観世の世話は後妻の立場の苦しさをまぎらわせる唯一の生甲斐《いきがい》だったのでございます。座には重い沈黙が流れました。そのとき突然蔵太が口をひらいて、

「お父さん、僕ももうまあ戦争に行かんならんが、召集令状がくるまで、僕が観世の世話は引き受ける。魚粉じゃち自転車で海辺の村へ行《い》たらまだちっとは分けてくれる人もあるかもしれん。高知県の天然記念物をそんなことで投げ出したら恥かしい。観世を人手に渡すくらいなら、うちの土地も倉も全部売り払うてもええやいか」

ときっぱりいうてくれたのでございます。私と主人は耳を疑い、これがあの、いままで長尾鶏には見向きもせず、私への反抗からいく度も家出した息子かとおもうほど、それはそれは立派なうれしい言葉でした。私はこのとき観世に祈り続けていた、どうぞ蔵太がおとなしくいい子になりますようにという私の願いが通じたのだと思い、今度はうれし涙が止まらなかったのを覚えております。

人の気持とはふしぎなもので、若い蔵太にそういわれてみると私ども夫婦ははっと気をとりなおしその日から親子三人、力を合わせてこれまで以上に飼育に励んだのでございました。蔵太のいうとおり捨身になれば物々交換で何とか魚粉も手に入り、主人はのちのちまで、

「うちの倉の中の道具類は皆観世に食われてしもうた」

などと笑います。

しかし蔵太は間もなく戦争にとられましたが、幸いにも内地勤務で終戦後すぐに復員し、そしてそれからは私たちをしのいで長尾鶏の改良保存に生涯を賭《か》けてくれたのでございます。

主人は今から十年ほどまえ、いまは長尾鶏の権威者となった蔵太を満足して眺めながらあの世へ去りました。私ももう飼育には体力的に耐えられませんが、幸い終戦後もらった嫁も素直ないい子で、いまは三人の孫にもそれぞれ子が生れ、私は何と合わせて四人のひ孫にとり囲まれております。

戦後農地改革から窪島家の土地はほとんどとりあげられ、私どもにはおぼつかない日々もございましたが、有難いことには山林が残っていた関係でずっと今日まで飼育が続けてこられたのでございます。これほど私たちが全身全霊を打ち込み、いく十年と世話をしつづけております長尾鶏も、これを商売として考えました場合、全くお話にはならないものでございます。稀《き》代《だい》の名鶏といわれたあの観世でさえ、林野庁にお買い上げ頂くときはえさ代にも足りないくらいの金額だったものでございます。

考えてみれば窪島家というのは、先祖代々長尾鶏の育成にとりつかれた家系だといえましょうか。父親の跡を嗣《つ》ぐと決めた孫も、

「おばあちゃん、僕らの代で長尾鶏の種を切ったら先祖に申し訳ないきにね」

と可愛いことをいうてくれます。

蔵太に助けられながら東京でなつかしいココと対面してきた私は、また毎日杖《つえ》をつきながら、たくさんの止め箱の中に収まっている長尾鶏の、美しい羽の色を見て廻っておりますが、これ

が私の辿《たど》り得た人生最高のしあわせと申せましょうか。

おくみさんと竹林寺

おくみさんは朝日の射《さ》しそめた旧青柳《あおやぎ》橋を東に向って車を走らせながら、この道を通ったのはいく十回、いやいく百回に上るかも知れないが、こんなに心弾んだ嬉しいことは初めてだと思った。

ゆうべ五台《ごだい》山頂上にある竹林《ちくりん》寺の前住職夫人おていさんから興奮した声で電話をもらい、

「五重塔がとうとう組み上りました。すごいの。すごいの。思ったよりずっと立派よ。あなたに誰よりも早く見せたいので明日朝早うに来てちょうだい」

といわれたときおくみさんは思わず躍り上り、

「お目出とう、本当によかったね」

とほとんど叫ぶような声でお祝いをいったとたん、ぐっと胸が熱くなって来てそのあとはしばらく言葉も出なかった。

五重塔の完成については、もちろん多くの人の協力を得なくてはならないが、おくみさんのひそかな胸のうちをいえば、これはおていさんと二人の友情の証《あか》しのように思えてならないところがある。

二人とも昭和九年生れの四十七歳、もう五十坂に手の届く年齢になってしまったが、今日のこの喜びを迎えるまでにはお互いにいろいろなことがあったと、おくみさんは五台山の坂のカーヴのハンドルを切りながらしみじみと思う。

二人の出会いは、はっきりした記憶もないほど小さいときからで、それはおくみさんの父親が青柳橋たもとの若松町で手広く鉄工所を経営しており、また長きに渡って竹林寺の檀家《だんか》であったことがきっかけではなかったろうか。

五台山は高知市と青柳橋でつながっている海抜百四十メートルほどのなだらかな山で、子供の足でも近道すれば二十分ほどで登れるという手軽さもあって、竹林寺の本尊文殊菩薩《もんじゅぼさつ》を信仰する人たちは月の八日の縁日のみならず、日頃からよくここへお詣《まい》りしたものだった。

いまは頂上までバスが走り、重要文化財に指定されている文殊堂の他に、高知県の誇る植物学者牧野富太郎の業績を記念して牧野植物園もできており、年中人の往来の絶えることはないが、戦前はひっそりと静かな山だった。

小さいおくみさんは、父親に背負われて本堂文殊堂の西隅にある、木彫りのおびんずる様の目を撫《な》でに行ったときが五台山の最初の記憶だったように思う。おびんずる様というのは十六羅漢《らかん》の第一で、その像を撫でると疾病が快癒するというういい伝えがあり、そのときおくみさんは多分眼病をわずらっていたのではなかったろうか。おていさんとは境遇がよく似ており、母親が三十過ぎて生れた初子という点や、お互いに一人娘で将来家を背負って立たなければならぬ運命であることや、それに容貌《ようぼう》体格まで似通っていたこともあって、二人は五、六歳頃から急速に親しくなったように思う。

五台山の開基は、神亀元年聖武《しょうむ》天皇の勅願寺として僧行基《ぎょうき》が竹林寺を建立したもので、山のかたちが中国の五台山に似通っていたところからそう命名したのだという。のち空海上人によって中興され四国霊場第三十一番の札所となっているが、竹林寺はおていさんの父義隆師で四十一代を数えるという。

横浜生麦《なまむぎ》の生れという義隆師がこの竹林寺に入った頃は、かつて全山聖域だったこの地もかなり人手に渡っていたといわれるが、その頃から真言宗も妻子を入山させる許可がおりた関係もあり、敏腕をふるってここ竹林寺をいまの隆盛に導いたといわれている。

即《すなわ》ち、この地を土佐観光のルートに乗せるべく、昭和九年再三再四、市に請願してバス道をつけ、下から順に一ノ台に野中兼山《のなかけんざん》神社、二ノ台に広場、三ノ台に鹿ノ段、四ノ台、五ノ台に遊園地と展望台、と市民の一日ピクニックに適したコースを定め、また文殊菩薩は学問を司《つかさど》るので受験にあらたかなご利益があるというPRも忘れなかった。

おくみさんの父親兼国長一郎も義隆師の熱心な勧誘によりここの檀徒となり、以来一家挙げて竹林寺援護勢の主たるメンバーとなってずっと続いているのであった。

二人は昭和十五年四月、田淵《たぶち》町の市立第一幼稚園に入園したが、五台山頂上から田淵町までは子供の足ではとうていおぼつかなく、その頃高知市要法寺《ようほうじ》町に出張所を持っていた竹林寺が、そこへ毎日通う寺僧の片岡さんに頼んで山の麓《ふもと》までおていさんをおぶってもらい、それからあとは手を引いて通っていたものだった。

二人は幼稚園でもよくくっついており、大人からはお神酒《みき》徳利といわれ、友達からは習い覚えた〃ふたあつふたあつ何でしょね〃の歌を唄ってよくからかわれたが、二人とも一人娘の寂しさと、それに性格的におていさんはどちらかといえば柔、おくみさんは一見剛、という組み合わせが長い友情を保つ一因ではなかっただろうか。

一年間の幼稚園生活が終るとおていさんは地元の五台山小学校へ、おくみさんは昭和小学校と分かれたが、相変らず兼国一家の五台山通いは続いており、そのあと二人とも揃《そろ》って私立土佐女子中学、土佐女子高校と席を並べるのである。

二人の子供時代を振り返っておくみさんには強烈な二つの印象がある。

その一つは楽しかった盆飯《ぼんめし》の遊びで、これは昔の高知市の家なら何処《どこ》でもしたものだが、門前で盆の迎え火を焚《た》いた松明《たいまつ》の燃えさしをとっておき、それでご飯を炊いて食べると夏病みをしないというい伝えがある。

おくみさんは体が弱く、小さいときから必ずこの盆飯を炊いて食べて来たが、仲よしとなってからはいつもおていさんと一緒に庭にござを敷き、一合炊きの小っちゃな土のお釜《かま》にレンガでおくどを築き、松明の燃えさしでままごとのように炊いたものだった。庭の大きな桜の木の下で、ご飯ができるとお供物のナスの煮物などもし、小っちゃな盃《さかずき》やお皿にそれらを入れて食べるときの楽しかったこと。お盆といえばお寺はかきいれどきで、義隆師や寺僧の人たちは黒衣を着て市内の檀家をかけ回り、そして帰りには誰かがおくみさんの家に寄り、盆飯を食べたおていさんをつれてまた山へ帰って行くのである。

子供同士の友情というのは親の職業など何の関《かか》わりもないと思えるが、もう一つはおていさんが寺家の娘だということを痛烈に感じた情景がある。

それは戦争中のある夏の夜、父親が急に用事を思い出し日が暮れてのち竹林寺を訪うたことがあった。そのときたしか小学校へあがっていたおくみさんは、夜竹林寺を訪ねるという冒険がしたくて父親にせがんで連れて行ってもらった。

登山の近道は、昔、弘法大師が杖《つえ》を突き立てたところ、そこにこんこんと清水が湧《わ》いたというので独鈷《とっこ》水と名前をつけた泉のあとがある坂を斜めに突っ切って行く道だが、ここは墓地の中で、昼も小暗い場所だった。おくみさんは父親と手をつなぎ、懐中電灯一つでここを登って行ったが、墓地の中では所々青いリンが燃えていてとても恐ろしかった。

頂上の文殊堂はさぞかし灯《あか》りも消えているだろうと思って木立の中を抜けて行くと、意外に御堂には灯りが点《とも》っており、近づくと、そこからは多勢の泣き声が洩《も》れてくる。立ち止ってしばらくその様子をうかがうと、御堂の内部の畳にひれ伏しているのは女学生の一団らしく、上壇に立って説教しているのはよく見かける寺僧の一人だった。その寺僧が何か問いかけるたびにすすり泣きがいっそう高まり、なかには言葉に出して謝っている者もある。

灯りはろうそくが数本ついているだけで、その一種異様な雰囲気はまだ子供のおくみさんの脳裏に妖《あや》しく刻印され、のちのちまでも消えないほど強い印象を与えた。かたわらの父親に聞くと、父親はこともなげに、

「夏の練成会じゃろ。女学生になるとだんだん生意気になって天地の恩、父母の恩を忘れる人がどっさりおる。そこで学校が夏になるとこうやってお寺で一晩泊め、夜坊さんの説教を聞かせて懺悔《ざんげ》をさせるのじゃ。お前も女学校へ行き出したら毎夏竹林寺へ泊めてもらいなさい。心が洗われて翌日からええ子になる」

という説明だった。おくみさんはそれを聞いて、あの人たちは泣いて謝るほどふだん悪いことをしているのかなあと不思議に思い、しかし自分もよくよく考えてみれば、風呂に入るのを嫌がったり、会社の工員に意地悪をしたり、こっそり砂糖壺から砂糖をなめたり、神様だけしか知らない悪さをたくさんやってはいる。

ああいうふうに文殊菩薩さまの前で懺悔をしろといわれれば、自分もきっとまだまだ悪いことが出てくるにちがいないとそのときおくみさんは思った。と同時に、こういう情景を毎夏見て育っているおていさんという人は、きっと悪心を持たず、いつも正しい心で暮しているだろうと思われ、日頃の友情に増して尊敬の念が湧いたのを覚えている。

長じて思えば、練成会は戦時中の思想教育の一環だと判って来たけれど、このとき覚えたおていさんへの一種崇敬の念のため、二人の友情は永続きしたと思えるところがある。

つい先頃おくみさんがそれを話すと、おていさんは、

「寺の娘でもお経のひとつあげられんのは私だけやないかしらん。門前の小僧以下よ。私は」

と笑っていたが、こういうおていさんでも戦時中は若い僧が狩り出されたため、本山では家族を集めて得度式をすることになり、母親とおていさんはそれに参加したのだという。

高校卒業後は、まずおていさんが二十一歳で徳島から一つ年上の婿養子を迎えて竹林寺第四十二代を継がせ、一年おくれておくみさんも遠戚《えんせき》から養子をとって兼国鉄工所の副社長を定めたが、この頃からお互いに以前ほどひんぱんにゆききをしなくなったのはそれぞれ新家庭の建設に忙しかったせいかと思われる。

結婚後おていさんは次々と家族が入れ替り、まず母親が脳血栓で亡くなったあと続いて父の義隆師が川崎大師の法会に出席しての戻り、京都で発病し、京都府立病院で六十七歳の生涯を

閉じた。その年長男が生れ、二年後に次男にも恵まれたが、おくみさんのほうは家族に何の変りもなく父母はずっと現在までなお健在である代り、いまだに子供に恵まれないという憾《うら》みがある。

女の友情はお互いの結婚までといわれ、二人のあいだもまたこれに近いかたちだったが、それが再び復活し、昔に倍した親しさで付き合えるようになったのは三十代もなかば過ぎのことだった。

義父の遺志を継いで、竹林寺の発展につとめて来たおていさんの夫志隆師が病いに倒れたのは昭和四十三年、骨のガンにむしばまれ、激痛と戦いながら骨と皮になって三十七歳の短い人生を終えたのは翌年夏のことだった。小学校五年と二年の二人の男の子を抱え、残されたおていさんはいったいどんな気持だったろうか。

女の三十代は苦労のはじまり、という人もあるけれど、ちょうどおていさんの不幸と前後しておくみさんにも苦しい出来ごとがあった。老いた父親に代って社長となった夫正広の外泊が次第に繁くなり、忘れもしない夏の一日おくみさんは種崎《たねざき》の海水浴場で、愛人らしい女と子供を連れた夫の姿を見てしまったのである。

誰に教えられなくとも、その男の子の顔を見れば夫の子だということが一目で判るほど正広によく似ており、向うにさとられないのを幸い、すごすごと一人で家に戻ったおくみさんの心のなかは敗北感でいっぱいだった。

養子娘というのはつらいもので、腹のなかが煮えくりかえるほど夫とその女に対して憎悪を燃やしてはいても、老いた両親にはつとめて隠しておきたく、夜になると一人でひそかに枕を濡らしたことは数え切れないほどたくさんある。

問いつめると正広は、相手はキャバレー勤めの女で、子供が生れてからは勤めを退かせているという。おくみさんは覚悟を決め、工面した金を懐に女に会いにゆき、

「子供は引き取りますから主人と別れて下さい」

とした手に出て懇願したが、相手は煙草の煙を吹きつけながら悠然と、

「我が腹痛めて生んだ子を、継母《ままはは》の手にかけられるもんか。あんたも正広の心を引き戻したかったら自分で生んだらどう？　そしたらあたしの気持も判るよ」

といわれたときの口惜しさ、唇が破れるほどに嚙《か》みしめながら一人夜道を戻ったあと、女と子供を殺したいと考えている自分の心に気づき愕然《がくぜん》とした。

昔気質の両親にこういう醜聞は打ち明けられず、一人悶々《もんもん》と過しているうちやっと到達したのは、おていさんに会ってこの胸のうちを聞いてもらおうと考えたことだった。

あとから思えば向うも若後家でまだ気持も定まらないところへ、こんな恥かしい内輪話をよくも打ち明けに行ったものだと思うけれど、一夜二人してなつかしい茶室で語り合い、互いに

涙を拭《ぬぐ》い合い、慰め合うと、おくみさんは袋小路に入っていたような気持にすうーっと風穴が通ったように思った。

おていさんだってこの竹林寺の名刹《めいさつ》を荒してはならぬ、と歯をくいしばって二人の子の養育に人生を賭《か》けている。子供が成長するまで、亡き志隆師の兄上が住職代理でときどき徳島からやって来てくれるけれど、いまの子供が果して無事父のあとを継いでくれるかどうかは見通しもつかぬ。檀家との折衝も女の身では一仕事で、それやこれや考えると先に死んだ人はいい気なもの、と怨《うら》みたくなるという話を聞くと、おくみさんは自分のほうは皆生きているだけまだ苦しさも軽いのではないかと了簡《りようけん》できるのであった。

とはいっても、日々炎のようにめらめらする暗い憎悪のなかで生きてゆくにはどうにも辛《つら》く、「時節を待とう」と自分自身をなだめながら、ある日思いついたことがあった。

それは義隆師生きてあった頃、おくみさんの父親とときおり話題に出ていた五重塔建立の件で、義隆師は山門のかたわらを指して、

「ここに昔三重塔があったそうだが、明治末の台風で倒れたらしい」

といい、何とか再建したいものだが、といいいいしていたのを、おくみさんは不思議にはっきり記憶しているのであった。

この苦しみを忘れるために何かに賭けたいという思いが発端となるのは信仰心に対していさ

さか面映《おもは》ゆいが、それをおていさんに打ち明けると、

「実は志隆師もそれを始終口にしよったのよ」

といい、こちらは子供がつつがなく第四十三代に仕上るよう悲願を込めておくみさんの提案に賛成したのだった。

堂塔の建立はこのせつ畢生《ひっせい》の大事業だが、誰かがいい出さなくては何も始まらず、おくみさんが先ず父親に、父親から檀家総代にと伝え、実行委員会がやっと出来上ったのはたしか昭和五十一年の春ではなかったろうか。

おくみさんがおていさんに心中を打ち明けてからもう七年もの月日が経っており、そのあいだ、遅々として進まない作業におくみさんは一人焦立《いらだ》ったこともある。

何しろざっと見積っても工費五億円、それに宮大工も他県から招かねばならず、単に塔だけ建立しても中に祀《まつ》る大日如来の像もここに迎え、開眼式から行なわなければならないとすると、真言宗本山の強力な後押しも必要なのであった。

おていさんの長男も、卒業後まっすぐ仏教の大学へ進むことを承知せず、「一、二年ほど考えさせてもらいたい」と好きな外語大へ入ってしまったり、おくみさんのほうもまた事態は悪化するばかりで、夫の行状はとうとう両親にも知れてしまい、いく度か家族会議が開かれて離婚直前まで追い詰められたこともある。

おくみさんは、正広の行ないは許せないけれど、本人もいうとおり、女房が嫌なのじゃない、子供がかわいいだけだ、という言葉を信じれば、すべては子のない自分に原因があると思い、「もうしばらくの辛抱」と両親と自分の胸をいつもなだめているのであった。

あの頃、考えてみれば自分はいったい何を待っていたのだろうか、とおくみさんは不思議に感じることがある。向うの男の子は次第に成長し、夫はほとんど戻らない家で、鉄工所の帳簿を手伝いながら、ただ一つすがるものは、おていさんと力を併せて五重塔を建ててみようという、ほんとうに奇妙な願いだけだった。

幸田露伴の「五重塔」をいつもバッグに入れて持ち歩き、気持が萎《な》えそうになると大工のっそり十兵衛の一徹な精神を読み返し、自分をふるい立たせるのだった。

それだけに実行委員会が発足した日の嬉しかったこと。いままではおていさんと二人、女の非力をしみじみ嘆いたものだったけれど、これからは名を列《つら》ねている県内外の多くの名士の協力を得て仕事を進められると思うと、万人力を得た思いがしたものだった。

おくみさんが受け持ったのは瓦《かわら》の喜捨を集めることで、一人一枚三百円の浄財を頂き、瓦の裏側に姓名年齢と願いごとを書いてもらう。そうすれば未来永劫《えいごう》、五重塔ある限り、それは空に聳《そび》え立って残るわけで、それだけに多くの寄進が得られたのはうれしかった。

子供たちがたどたどしい文字で自分の名を書いたあと、そのわきにマンガでスーパーマンを描くのは、万能への願望という意味らしく、そういう様子を見ると、子供のないおくみさんはひどく珍しく思ったりした。

資金の見通しも立ち、奈良から宮大工の一団を招いていよいよ着工に漕《こ》ぎつけたのは昭和五十四年春、本山からの派遣僧臨席の上で真珠、金、銀、瑠璃《るり》、琥珀《こはく》の五宝を入れた宝瓶《ほうびょう》の、地下深く埋められるおごそかな地鎮式を無事に了《お》えた夜、二人はいつかの日のように茶室でまた相擁して泣いた。

このときのおていさんは、長男の意志がようやく定まり、二年前父の遺志を継いで大正大学へ入学しており、おくみさんもまたこの前年、ほんとうにどういうめぐり合わせか、愛人の子が中学一年で交通事故で突然亡くなってしまっていたのである。

相擁して流す涙は、いつかのように互いに我が身の不幸を嘆くだけでなく、この日は二人とも長いあいだの苦しみをくぐり抜けた挙句、やっと前途に光明を見出した嬉し涙だったといえようか。

夫は子供の死後、しばらく腑《ふ》抜《ぬ》け人間になっていたが、やがて女とさっぱり別れ、もとの働き者の夫に戻ってくれて、おくみさんはいまは何の不足もない毎日である。考えてみれば子供一人の死によってもたらされた貴重な幸福というべく、おくみさんはいま、苦しみから逃れようと願いを立てた五重塔建立だったけれど、これからは亡き子の冥福《めいふく》を祈るために完成への努力を心に決めているのだった。

おくみさんの運転する車は頂上に着き、待ち兼ねていたおていさんと二人、石段を駈け上って工事現場に行ってみると、まだ木屑《きくず》の散らばっているなか、天空を摩してすっくと立ち上った総檜《ひのき》の三十七メートル、下から見上げる垂木《たるき》の部分はすべて丹塗《にぬ》りという華やかな五重塔は、二人の前に荘重に、しかも堂々と、歓喜に充ちた全容を現わしている。

折からの朝日を受けて、天頂の相輪《そうりん》は上から宝珠《ほうしゅ》、竜舎《りゅうしゃ》、水煙《すいえん》、九輪《くりん》、請花《うけばな》、覆鉢《ふくばち》、露盤《ろばん》、とおくみさんがかねて図面を見てすっかり覚えてしまった金具のひとつひとつがきらめき渡り、後光のように眩《まばゆ》い光を投げかけている。

二人はものもいえずその場に立ちつくしたあと、おくみさんは気がついて、

「ねえ、遠景を見ようよ。東孕《はらみ》に行こう」

と誘い、さっそくエンジンをふかして山を下りて行った。

五台山の山容は、浦戸《うらど》湾からの眺めがいちばんよいといわれ、ひょうたん型の浦戸湾のその胴のくびれに当る東孕の突端に車を寄せて二人は車から降りた。

なだらかな五台山の頂上に、いま五重塔は二つの銀のテレビ塔を挟侍《きょうじ》のように両脇に従え、緑に映えて威風あたりを払い、はるかにこの浦戸湾を見下している。

その姿の神々しさ有難さ、思わず見る人をして手を合わせしめる貫禄は見れど見飽かず、ま

しておくみさんには胸のうちをさまざま去来する思いがある。しかしわざと声は明るく、

「おていさん、もうこれからは泣くこともないねえ。とうとうすべて念願達成やもん」

というと、おていさんもそれに答えて、

「泣くどころか、私はこれからが忙しい。息子の晋山《しんざん》式もせんならんし、落慶式も挙げんならん。おくみさんもがんばって手伝うて頂戴《ちょうだい》ね」

と張りのある声で答えるのだった。

おきのさんと赤岡縞

高校二年のおきのさんは、いつもほとんど学校が終ると歩いて五分とかからぬ我が家へまっすぐに帰る。

今年六十八歳の祖母のおいしさんはまだまだ元気で、大てい裏のわずかばかりの畑で草を引いていたり、勝手元でことことと何かを煮ていたりするが、おきのさんは、

「ただいまぁ」

と家中に響き渡るような大声で呼びかけると、まっすぐ機屋《はたや》へ行き、機台に上って織りかけた木綿縞《もめんじま》の続きを織るのである。

おいしさんがずっと機を織っていたこの家では古い縞帖《しまちょう》が残っており、そのなかのものを選べばべつにデザインを考える必要はないけれど、おきのさんがいま織っているのは現代的なチェックである。

ここは高知市の東二十キロ、香美《かみ》郡赤岡町で、昔、藩政時代には県東部では第一の商都だったが、いまのようにさびれたのは、漁業が振わなくなった頃からだろうか。

竜馬の銅像で名高い桂浜《かつらはま》と、最近浦戸《うらど》大橋で結ばれた種崎千松《たねざきせんしよう》公園から太平洋岸を浜伝いに十市《とおち》、浜改田《はまかいだ》、前浜、吉川、と進むと、香宗《こうそう》川を渡った地点から次の香我美《かがみ》町までのあいだが赤岡の町である。

おきのさんの小さいときはまだ町からすぐ海が見え、真っ赤なほおずきのような夕陽が波を染めながら沈むのも見えたが、いまは海岸を走る電車も廃止され、新しい国道にへだてられて海ははるかな彼方《かなた》に遠ざかってしまった。

それでも春になるとここでは名物ドロメ祭りが行なわれ、マイカーで県下各地からやってくる客を迎えて浜は賑《にぎ》わい、客も漁師も一緒になって網を引く行事がある。えいや、えいや、と引いた網の中で躍っているドロメをその場で二杯酢やぬたにしてすすり込むおいしさ、春光を浴びて浜ではその年の酒豪ナンバーワンを決める催しも開かれ、横綱はいつも女性がかち取ってしまう。

ドロメとはいわしの幼魚で、体長は二センチ前後、白魚とはまた違った独特の味があり、ドロメ祭りがこれほど観光化していない昔は、赤岡の人たちはこれをまるで御飯のように丼《どんぶり》にたくさん盛って食べたものだった。

夏は須留田《するだ》の八幡《はちまん》宮で強烈な絵金《えきん》の芝居絵に出会う期待があり、そのおもしろさ怖さにおきのさんは胸がどきどきし続けだった。赤岡出身の幕末の絵師絵金は、好んで凄絶《せいぜつ》な流血の場面を描いており、夏祭りの夜、大きなその絵に内側から灯《あか》りが入ると、血のいろが生々しく鮮やかで、見ていると気分が悪くなるという人もいるほど迫力がある。

おきのさんも、首を刎《は》ねられた人の血しぶきがいまにも自分に降りかかって来そうなその妖《あや》しい迫真性がとても恐ろしく、いまだに一人でこの絵は見られないが、それでもやはり八幡さまのお祭りに絵金が出なければさびしくもの足りない感じがある。

おきのさんがこの頃とくに、わが町赤岡のこうした風物に一入《ひとしお》愛着が深くなっているのは、遠く海外にいる父英二とのあいだが親密になって来たためで、自分の目でしっかりと見ている赤岡の町の情景を詳しく父に書き送ってあげるためなのである。

祖母のおいしさんは、隣の吉川村からこの赤岡の船持ち漁師の許《もと》に嫁いで来、おきのさんの母おたかさん一人を生んだ。その頃は近海漁業が盛んで、小さな船いっぱい、夕方には海の幸を満載し、大漁旗を立てて沖から戻るのを、毎日楽しみにして浜へ迎えに出たもんじゃった、とおいしさんはいう。

健康で怠けさえしなければその頃の漁師の実入りはよかったといわれ、いまの家屋敷のまわりに畑地を買い、おいしさんはそこで自家用野菜を栽培し、余りは売ってささやかな収入としていたらしい。

実家は農家で、田畑の他に養蚕もやり、おいしさんは小さいときから母親に機を織ることを習ったという。こちらへ嫁ぐとき、嫁入り道具のいちばんに機を積んでやって来たが、結婚当時の家はまだ狭くて、座敷に機を置くと、寝るところもなかった、とおいしさんは孫娘に話してくれることもあった。

おいしさんが機織りを半ば自分の仕事として一心に励むようになったのは、夫の留守の時間が長かったことと、買い拡げていった畑に綿の栽培を試みて巧《うま》くいったことがきっかけだったといえようか。

機織りは農家の女の副業だとはいっても、自分の家で繭から取り上げた生糸《きいと》を練り、染め、機に上げて絹物を織るのには、農家の女の指先は少し荒れすぎている。細い絹糸はまことにデリケートで、指の荒れにすぐひっかかり、切れてしまうので、副業とするには丈夫な木綿機が向いているのである。

その昔の藩政時代、この辺りには御手先仕成《おてさきしなし》というご政道があり、それは藩財政がゆきづまると御手先商業に対し藩が直接関与するもので、紙、茶、漆、油などを専売にしたが、藍玉《あいだま》の製造もその一つだった。藩の指導のもとに藍染めの糸を赤岡の問屋が農家に配り、農家は農事のひまにそれを木綿機で織っては問屋で買いあげてもらったり、また自家用にもしていたらしい。

赤岡近辺に限らず、農家では丈夫な野良着を必要とするため、どこでも木綿機は備えつけてあり、その土地土地で工夫した縞を織っていたが、これは一般には地縞と呼び、最後まで生き残った赤岡の機をのちに赤岡縞と名づけたという。

おいしさんが結婚した昭和六年には、もちろん御手先仕成など昔話になり、機織りの組織めいたものもなくなっていたが、それでも赤岡縞の本拠地らしく町にはまだ大きな糸問屋が二つほどあった。

木綿機を織るのには、先ずこの糸問屋へ行って番手の大小のなかから適当な糸を選び、縞手本や縞帖を見て色を決め、これも町にある紺屋へ持って行って染めを頼む。出来上った色糸を、縞を計算して機ごしらえをし、機に上げ、杼《ひ》を走らせながら織りあげてゆくのである。

こうすればいちばん楽で仕上りもきれいなのだが、糸を買い、染め代を払いなどして出費をするのは、節約を美徳とする人間のすることではなく、いかに自家製を用いて安く布を織るかがおいしさんの時代の人たちの一種の智恵くらべだったといえようか。

おいしさんはそこで綿を栽培し、夜なべに糸車を引いて自分で木綿糸を作り出してゆくのである。左手で車をぶーん、ぶーんと廻し、右手の指で綿の塊りを揉《も》み出すと、ふわふわしたまあるい白い綿の花は一筋の糸を吐きながら車に巻き取られてゆく。

この糸を使えば全くの自給自足、ふだん着はすべてただで生産できるのだが、ただ、家で紡いだ綿糸はどうしても節目ができ、それに筋が太くなって機のたて糸には向かなかった。

そこでたて糸だけはむらのない紡績の細い糸を買い、染めは家の庭でみやこ染の染料を使って手染めにするのだが、おいしさんはこの方法でずっと縞を織り続け、極くわずかなたて糸代だけで夫と娘のものを賄って来たというのが唯一の自慢だった。

結婚以来、家のうちはずっと順調で、夫の漁も年間通してみれば成績も上り、おたかさんも無事娘に育って二十の年、世話してくれる人があって同じ海岸沿いの安田町というところから英二を婿養子に貰《もら》った。

「こんな家に養子の来てくれ手があるろうか」

といいいいしていたおいしさんは大そう喜んだが、聞けば英二の父親は漁師で、しけの海で船が転覆して亡くなり、ほとんどみなし子同様の身の上だという。

性質もおとなしく、養父の漁を手伝いながら一家円満で過すうちまもなくおたかさんは妊娠し、昭和三十九年の夏、おきのさんを出産した。一家は喜びに充ち溢《あふ》れ、奮発して盛大な名付けの宴を張ったが、その三ヶ月後、おたかさんは産褥熱《さんじょくねつ》が原因と思える病いでまことにあえなく、二十二歳で亡くなってしまったのだった。

この原因を、おいしさんが娘を病院へ入れず、家で産婆に取り上げさせたことにある、と指摘する人もあるけれど、のちに思えばやはりこれはおたかさんの運命だったとおいしさんは考えている。

昔は、病院で出産すると、難産の際機械を使うのでバカの子供ができる、と皆嫌がり、よほど危険な持病のある妊婦でない限りはこの辺りで名産婆といわれている人に世話になるのが普通だった。

おたかさんの出産そのものは軽く、産後の肥立も順調で、七日目の名付けの宴には子供を抱いて床前に坐ったが、その晩から容態が悪くなり、そして赤岡病院の一室でとうとうおきのさんを残し、短い生涯を閉じてしまったのである。

おいしさんはこの頃の悲しさを、決して孫娘には話すまいといまでも固く心に決めているが、ほんとをいえば悲しみに沈むゆとりなど全くなかったというのが事実ではなかったろうか。

何しろおきのさんはまだ百日足らず、背におぶい、ミルクを飲ましながら娘の看病をし続けていたのだから、葬式の日もゆっくり涙を拭いているひまなどなかったのである。

このときはたしかおいしさん五十一歳で、まだ十分体も動き、気の張りもあり、孫娘の一人くらい自分の手で立派に育ててみせる、という運命に対する意地もあったものであろう。

が、おたかさんの一年も済まないうち、続いて夫が倒れたときにはさすがのおいしさんも打撃が大きかった。漁に出ていて船の上で脳溢血《のういっけつ》の発作を起し、英二とともに帰って来たときはもうものいわぬ骸《むくろ》となり果てていたのである。

娘に続いて夫の葬式を済ましたあと、おいしさんは頭のなかの回転が止まったようになってしまい、おきのさんのことだけを考えながら暮したことをおぼえている。この家で、血を分けた人間は赤ん坊のこの子だけになってしまった、と涙を流していてもまだ半ば夢を見ているような心地で、人の死が容易に信じられないところがあった。

こんな予想もせぬ出来ごとが起ったあと、いったいさきゆきどうしたらいいのだろうかとおいしさんは思いなやみ、そしてやっと人心地がついて考えだしたのは、幸い、英二に漁ができ、船もあるとすれば、義母と婿養子の縁はこのままにし、ただ英二も二十四歳の若さではいつまでも独身というわけにはいかないだろうから、落ち着いたらいまの畑をつぶし、ここに英二の家を建てて嫁をもらう、孫はおいしさんの手許で育てる、というものであった。

こうすれば、英二の新生活をわきで見ていなければならぬ辛《つら》さはあるけれど、おきのさんは父親といつも会っていられる、自分さえ我慢すれば万事うまくいく、とおいしさんがひそかに決心したのは、ちょうどおたかさんの一周忌が近づいた頃であった。

ようやくよちよち歩きを始めたおきのさんを見るとやはり瞼《まぶた》が熱くなってくるその一周忌の終った翌日のこと、英二のほうから、

「お義母《かあ》さん、ちょっと」

と声をかけられ、孫を膝《ひざ》にして聞いた話というのはおいしさんが想像もしないものだった。

それは、県が募集している南米移民に応募したいというもので、おきのさんも連れて行きた

いという。おいしさんは驚き、実はかねてからこういう心積りしていたのだと打ち明けたが英二の決心は固く、

「俺は親父《おやじ》を海で亡くし、今度もお義父《とう》さんが船の上で死んでしもうた。もうつくづく漁師はいやじゃとずっと考えよったが、陸に上った俺にできることは何にもない。お義母さんの世話になるばっかりじゃ俺も心苦しい。きのえを連れて南米へ渡りゃ、向うで俺にできる仕事もあるろうと思う。

お義母さんもゆくさき一人では心細かろうが、何ぞ手職を持った養子でも貰うてもろうて、どうぞ元気で暮して下さい」

と譲らなかった。

この私を一人にして何ということを、とおいしさんは畳を叩いて怒り、なじったが、夜更けなど、一人でじいっと考えてみれば英二もつくづく可哀想な身の上だと思う。

帰る実家もなし、養家の義母と二人、血の繋《つな》がらないもの同士のくらしは気兼ねもあろう、窮屈も感じよう。いくらこちらが後添いをもらいなはれとすすめても、同じ屋敷内で新婚生活は送れまい、と英二の立場は理解できるものの、しかしさて、夫と娘に死なれた自分を置き去りにして遠い外国へ逃げてゆく英二に就ては感情的にどうしても許せないものがあった。

二人はその日からほとんど口をきかなくなり、口をきけばおいしさんも怨《うら》みつらみが飛び出

してしまう。が、英二の決心は変らず、ときどき高知の町へ出かけては渡航手続きを取っているのを見て、おいしさんは最後の切札として、

「あんたがブラジルとやらへ渡るのはもう止めることもできまいが、きのえだけは置いて行ってつかはれ。生れ落ちてからずっと私の手で育てて来た子じゃ。この子まで取り上げられたら、私はもう何にもさきに望みはない。

たって連れて行くというなら、私は首縊《くく》って死ぬ」

と詰め寄り、そうまでいわれると英二も承諾せざるを得なかった。

高知県の南米移民は、この頃もう下火になっていたが、それでもパラグアイ、アルゼンチン、ボリビアへ毎年少しずつ渡っており、とくに南米最大といわれるコチア産業組合は高知県人によって基礎固めをされたいきさつもあって、コチアを目ざしてゆくケースが多かった。

その年の暮、英二は仲間たちとともに高知桟橋から発って行ったが、おいしさんは送って行かなかった。いくら養子の縁組をしてもしょせんは他人、私の老先のことなど英二は全然考えておらん、と憤りは消えず、これでもう永久の別れ、と覚悟していたためでもあった。

それでも、英二の乗った船が赤岡の沖合いを通る時刻になるとおいしさんはじっとしていられず、おきのさんをおぶって夕暮れの浜辺へ走って行った。船のかげは見えるはずもないが、まだ一歳と少しのおきのさんに、せめて父親との別れをさせてやりたかったのである。

あれから長い年月が流れ、英二の農業もやっと軌道に乗りはじめ、向うで同県人の女性と結婚して二人の子供も生れた由、折々の便りでおいしさんは知らされている。

こちらもずっと無事に日を過し、と一口にいってしまえばそれまでだが、年をとる一方のおいしさんが気を張り、孫を育てるについてはやはりなみなみならぬ苦労があった。

年々諸物価が上り、小さな貸家を二軒持っているだけでは心細く、家の後の畑をつぶして貸駐車場にしたが、そのときおいしさんはこれからはもう綿を栽培することもできなくなるとても名残り惜しかった。おきのさんを育てながらも、おいしさんはなお機を織ることだけは止《や》めずにずっと続けていたのである。

うちで綿糸の手作りができなくなった代り、おいしさんは工夫して古くなった着物を手で裂き、それをよこ糸に使ったりしたが、これはこれでまたおもしろいものができ上り、楽しみなものであった。

必要と節約から生れたこの布のよこ糸が、のちに裂き織、などと呼ばれて雑誌に載っているのを見、ボロ織りもえらくなったもんだとおいしさんは驚いたことをおぼえている。

働き者で通っているおいしさんの楽しみといえば、孫娘の成長とこの機織りだけだけれど、赤岡縞を織ってはそれを仕事としている近所の人は、

「機織りは楽しみのうちには入らんよ。足は冷えるし肩は凝る。まあいざり機でないのが助か

りじゃけんど、目の前にお銭《かね》の顔を思い浮べんとできん仕事やね」

というけれど、おいしさんは自分から機とおきのさんを取り上げられたら何にも残らん、と思っている。

嬉しかったのはそのおきのさんが中学に入った年、

「おばあちゃん、うちにも機教えて」

といってくれたことで、おいしさんはこの一言でこの子を育てて来た甲斐《かい》があったと思った。

おきのさんの遊び着のほとんどは、おいしさんが作った綿から引いたよこ糸で織り、自らミシンを踏んで作って来たが、生意気な口をききはじめた小学四、五年頃には、

「こんな洋服、誰も着ちゃあせん、厚うて重い。着とうない」

とさかんに不服を唱えたものだった。

そのおきのさんの機嫌を取りながら、おいしさんはなおずっと自家用のものを織り続けて来ただけに、自発的に機織りを思い立った孫娘の心根に礼をいいたいほどの思いだったのである。

初心者が織るのにはよこ糸もなめらかな紡績糸がよいと思い、おいしさんは生れて初めてたて糸とよこ糸ともに買い糸を使い、縞を選ばせ、手染めにし、庭にたて糸をのべて櫛《くし》でもつれないように解かしながら軸に巻き、機に上げる過程をつぶさに教え、そして杼を通して筬《おさ》で二つずつ叩いては織りあげることを、おいしさんはおきのさんにていねいに伝えたのだった。

おきのさんが機に上り、初めて機に手をかけたとき、走らせばひなびた鈴のような音を立てる杼や、いつのまにか、ほんとうにいつのまにか十センチ、十五センチ、と織り進んでいるおもしろさに打たれ、

「おばあちゃん、うち機織り大好き。これからもどんどん織ってあげるきにね」

という感想を述べ、おいしさんを喜ばせたものだった。

眼鏡を掛けなければ機ごしらえのできなくなったおいしさんに代り、おきのさんはつぎつぎに家中の蒲団表《ふとんおもて》や座蒲団、作業着などを織っていったが、やはり若い手の力で、おきのさんが織ったものは打ち込みが強く、目が揃《そろ》ってきれいだとおいしさんは感心する。

高校入学を控えた年、久しぶりにコチアの英二からおきのさん当てに手紙が届き、それには、高校入学を機にこちらへやってこないか、という誘いで、新しいお母さんや弟妹も心からそれを望んでいる、という文面であった。

おいしさんはその手紙を見せられたとき、とうとう来るべきときが来た、と思った。孫を連れてゆくなら首縊って死ぬ、とまでしんじつ考えたおいしさんだったけれど、この子のためを思えば、こんな赤岡の片田舎に埋もれるよりは広い世界に出るのがいいことは判っている。いままでもずっと、果して自分がこの子を連れていてよかったかどうかと考え続けて来たおいしさんだけに、もうこれは本人の望みに任せよう、と覚悟を決めた。

自分がおきのさんを手許に縛りつけるのは、老いのなぐさめに過ぎないのだといううしろめたさがあり、そうは思いつつもそのさびしさ心細さはいい知れぬものがあった。

ある朝、おきのさんはさし向かいの膳を囲みながら、ぽつんと、

「おばあちゃん、うちゃっぱり赤岡高校へ行く」

といった。

おいしさんは、え？　と聞き返して、

「こっちの高校へ行くとはあんた、そんなら」

「そう、コチアへは行かん。うちはね。ここでおばあちゃんと暮すつもり」

と登校の鞄《かばん》を持って立ち上りながら、

「ええこと考えたの。うちがコチアへ行かん代り、うちが織った赤岡縞を向うへ送ったげる。赤岡縞はジーンズほど丈夫やないけんど、お父さんも故郷の織物やったらなつかしゅう思うて着てくれると思うよ」

というと、元気よく挨拶して出て行った。

おいしさんは、両眼から溢れおちる涙を拭《ぬぐ》いもせずその場に坐りつづけ、そして心のなかで、

「きのえ、おおきに、有難う。おばあちゃんは嬉しい。生れてこんなに嬉しいことはない」

と呟《つぶや》き続けているのだった。

アメリカはよい木綿があると聞いているけれど、赤岡縞で仕立てたシャツはまた特別のあたたかみとなつかしさで英二は着てくれることだろう、とおいしさんは考え、二人で相談してそれからはたて縞でなく、なるべく向うの風土に合うような明るい色のチェックを織ることにしたのである。

おきのさんが最初の一反を織りあげ、事情を書いた手紙とともにコチアに送ると、折り返し英二からはおきのさんの心情了解のおもむきと、赤岡縞は南米の陽光のもとですばらしく映え、大威張りでシャツにして着ていますという文面の手紙に添えて、初めて見る継母と弟と妹の写真が入れてあった。

おきのさんは大いに張り切り、新しいお母さんとかわいい弟妹のため、また縞を工夫してきれいに織りあげ、送ってあげようと学校から帰るとすぐ機に上って杼と筬とを取り上げるのである。

おさよさんと珊瑚

お月灘《つきなだ》ももいろ
誰がいうた
あまがいうた
あまの口、引き裂《しゃ》け

節のないこの唄は、戦前まで高知県に育った子供なら誰でも口ずさんだものだが、おさよさんがいまでもとりわけなつかしく思うのは、この月灘村が彼女の生れ故郷だからである。

唄のわけなど知らぬ子供たちは、月を見上げてお月さんももいろ、となまって唄ったものだったが、ほんとうの意味は江戸時代の初期、月灘村から良質のももいろ珊瑚《さんご》がたくさん採れたのを、幕府や他領に知られては困るところから藩が箝口令《かんこうれい》をしいたのがもとであったらしい。

昔の月灘村は旧大内町と合併していまは幡多《はた》郡大月町となっているが、ここは高知県の最西南端に位置し、西は宿毛《すくも》湾、南は太平洋、そして晴れた日には対岸九州日向《ひゅうが》の山々が手に取るように見えるというさいはての漁村である。

昭和十七年春、字尾浦《あざおのうら》の漁師の家に生れたおさよさんがものごころつく頃には、月灘村の海であまが珊瑚を採る話などは遠い昔話になっていたが、それでもどういうわけか村に一軒だけ珊瑚加工をしている人があった。

漁村といっても集落はなく、海に向ってここに二軒、あそこに三軒、という程度の人家しかないし、漁も大ていは小舟で近海のものを獲《と》り、また留守の女子供は浜に出て貝や海藻を拾ってはおかずにするといったくらしだった。

おさよさんの家も、六つの年に兄三人に弟一人計五人の子供を残して漁師の父親が死んだあとは、上二人がつぎつぎに自衛隊に入り、その仕送りや、すぐ上の兄でよその舟子に雇われた労賃をたよりに送る日々で、どうにか食べられてても何かこころさびしかった。

学校から戻ると、母親は弟を背に浜に出ていたり、またよその家の手伝いに行って家にいないことが多く、そういうときおさよさんは村はずれの舟置場の裏の、その珊瑚加工屋へよく遊びに行った。

加工屋といってもふつうの小さな家で、入口のガラス戸に鼻をくっつけてのぞくと、板の間に据えた作業台の上にかがみ込み、白い粉にまみれながら手を動かしている男の人の姿が見える。

この人が耳と口が不自由だと知ったのはずっとのちのことで、知るまでは「全然よそ見もせんと一所懸命にやりよる。よっぽど珊瑚が好きなもんじゃ」と子供ごころにそう思った。いつもガラス越しであまりはっきりとは判らないが、ここで細工しているものには大きい品はなく、それも濃い紅いろのせいぜい七、八センチまでの枝を切っては砥石《といし》やペーパーで磨いているらしかった。

母親に聞くと、

「あそこは親の代から珊瑚を弄《つつ》きよるねえ。大昔は月灘の海がももいろに染まるほどええ珊瑚が採れて、あそこの家でも人の腿《もも》ほどもある大きな枝を鋸《のこぎり》で引いて細工したそうな。ほんとか嘘《うそ》かしらんが。

まあ体も不自由なおひとじゃけん、大きな細工はできんろうし、それにこの辺で網にかかる珊瑚はもう屑《くず》ばっかりというよ」

という話だったが、おさよさんにとってはその屑でもやはり珊瑚は宝物をあらわす「金銀珊瑚、綾錦《あやにしき》」の金銀に次いで貴重なものに見え、あの紅いろの小さな枝が何だか気になってならなかった。

小さいときから浜はおさよさんの家の庭のようなものだったが、早朝、波打際に行くと打ち上げられた貝殻が小道をなしてずっと連なり、このなかにその珊瑚の屑は混ってないかといつも捜したものだった。

波というものは、ものの角をなめらかに取り去るだけでなく、きれいに磨きをかける働きもあるとおさよさんが思ったのは、打ち上げられた陶器やガラスの破片がまんまるく珠玉のように研がれているのを見ているからで、おさよさんは貝殻よりもそういうものを拾い上げて集めるのが好きだった。

中学卒業の年、集団就職で大阪へ行くことになり、先生に示された求人広告のなかから友だちと二人で松屋町の雛《ひな》問屋を選んだ。人形など買ってもらったこともなかっただけに、心のどこかで充たされない夢を追っていたものだろうか。

出発の荷物をするとき、拾い貯《た》めた浜辺の玉の箱をトランクの隅に入れるのを見て母親が、

「そんなゴミを持って行《い》てどうするが？」

とたしなめたが、おさよさんは、

「これはうちのお守り」

とだけしか答えなかった。

いっしょに行く友だちは、尾浦の浜の砂と貝殻を持って行くといっていたけれど、おさよさんが貝殻よりも波に磨かれた半透明の陶器やガラスの破片の玉が好きだったのは、無意識のうちに珊瑚の玉への憧憬《どうけい》を芽生えさせていたものであろう。

就職先が京阪神の者は一団となって出発するのだが、松崎のバス停まで親たちは送り、互い

に涙を拭《ぬぐ》い合って別れるなかでおさよさんは泣かなかった。男兄弟ばかりのなかで育っていればしぜん気性もしっかりしていたし、つぎつぎと親の許《もと》を離れてゆく兄たちを見て、自分も早晩広い天地へ出てゆく運命だと覚悟していたところがあった。

ただ、宿毛行きのバスが大きくカーヴして、あの手の染まるような紺碧《こんぺき》の海が見えなくなったときは何ともいえずさびしくなり、一瞬ふと涙ぐんだことをおぼえている。

集団就職の列車は、途中停車するごとに仲間たちを二人、三人とおろしてゆき、大阪でおさよさんも下車したあとは、京都にゆく友だちと互いに手を振り合って別れた。先生に連れられて人形問屋京月に着き、その日からおしきせのスモックを着てさっそく働いたが、おさよさんの仕事は客の応対ではなく、人形の組み立てだった。

京月では着つけをすませた人形と小道具をそれぞれの細工屋から集め、ガラスケースを組み立ててそのなかにおさめて店に飾っておく。すると全国の小売商がその見本を眺めて注文してゆくのだけれど、おさよさんたち二人は、来る日も来る日も店のわきの、昼でも電燈をつけなければ手もとが見えぬような暗い部屋で、人形に扇を持たせたり刀をささせたり、ケースのガラスを拭いたりの仕事ばかり、半年ののち友だちは早くも、

「うちもう月灘へ帰ろかしらん」

といい出した。

昔のように使用人を明らさまにいじめたりはしないけれど、その代り先輩店員たちの冷たいこと。都会のくらしに不馴《ふな》れな新入りを見ても、手をさしのべることは決してせず、聞かれてもあまり親切に教えないのは、自分たちもそういう道を踏んで来たせいなのだろう。

夜になると友だちは寝床のなかでしくしくと泣き、

「月灘は空が広い。海も大きい。こんな狭い暗いところにおったら息が詰まる」

といいいいし、故郷との手紙のやりとりのあと、とうとう父親が迎えに来て帰ってしまった。

一人になったおさよさんは、さびしくないといえば嘘になるけれど、ようやく仕事に興味をおぼえ始めたところだったので、考えていたほどつらくはなかった。友だちはつまらない、つまらないのいい続けだったが、この仕事もじっくりと取り組めばなかなか有意義だとおさよさんは思った。

女の節句は三月だが問屋は八月から始まって暮で終り、正月からは替って男の節句になる。あいまに市松人形、舞踊人形も扱うので、おさよさんの仕事の範囲はなかなかに大きい。例えば内裏雛の並べかた、冠、笏《しやく》、檜扇《ひおうぎ》、の持たせかた、三人官女の小道具、五人囃子《ばやし》の位置、すべてしっかりした知識を身につけていなくてはできず、おさよさんがそれらをすべてマスターしたのは二年ほどのちのことだったろうか。

あとから考えればこの二年間は、京月の試用期間だったわけで、それが終ると番頭からやっ

と店に立つことを許され、値の駈引きも教えてもらった。そのとき番頭が、

「おさよはん、あんたは女子《おなご》やけど見どころあるなあ。いまどきは男の子でも辛抱でけへん下仕事を文句ひとついわんとやりとげたよってな。将来人形師として立ってゆけるかも知れまへんで」

と励ましてくれたが、それがおさよさんには何より嬉しかった。

人形師とは京月へ納めるまでの過程を作る人のことで、これは京月の下仕事で修業しているとわずかな期間でその技術は会得できるという。

人形師になるのもええねえ、とおさよさんは思い、集団就職の子は皆純情や、悪遊びもせんとよう貯金もする、とほめられるとおり、お金が貯まったら京月からあっせんしてもらってその人形師に弟子入りしよう、と目論《もくろ》んでいたのに、それが突如方向転換したのは二十になったばかりの頃だった。

その日、いつものように店に立っていると、ときどき見かける客が入って来、おさよさんに会釈した。

「おいでやす」

と挨拶して客のそばに寄って行き、その胸を見たとたんおさよさんは思わず大声で、

「いやあ、これ珊瑚やありません？」

と叫んだ。

客のネクタイピンには、紅珊瑚の小さな枝が止められてあり、それを見たときおさよさんの胸にはわけの判らぬ熱い塊りがぐっとこみ上げて来たのだった。長さ二センチあるなしの小さな枝だったのに、おさよさんの胸を熱くかき立てずにおかなかったのは、珊瑚とおさよさん、ふたつながらに故郷を同じくしていたことの、偶然の遭遇というべきだったろうか。

目を輝かせながらネクタイピンを凝視するおさよさんに、客はこともなげに、

「ふん、これか。もらいもんやけどな。どうせ安もんでっしゃろ。あんた目利きできますか」

といいながら外し、

「よかったらあげまひょか。旦さんにプレゼントしてあげなはれ」

とさし出し、おさよさんが赭《あか》くなっているのを見て、

「失礼しました。まだ娘さんやったんやなあ」

と笑った。

これがきっかけで、おさよさんはこの木下淳という男と深く関《かか》わりあうことになり、店の休みにはいく度かデートを重ねたあと、その年の暮、淳から結婚してくれへんか、と誘われたのだった。

不思議なもので、木下淳を以前店でちらちらと見かけているときには何の関心も抱かなかっ

たものが、珊瑚のタイピンを止めているのを見た瞬間からおさよさんはこの男に魅入られてしまったのである。

きっとおさよさんは、就職以来五年間、一度も故郷に帰らず耐え詰めていた辛抱が、小さなタイピンを見たとき心のうちで大きく爆発し、まるで月灘の珊瑚に吸い寄せられるように淳のいいなりになってしまったのではなかろうか。

このとき淳は三十二歳になっており、奥さんは、と聞くと、

「いっぺんもろたけど、病気で死んでしもた」

という言葉をおさよさんはそのまま信じ、京月の近くにアパートを借りて新婚生活を始めた。結婚式もせず、月灘へは手紙で報告しただけの簡単な手続きだったが、おさよさんは十分にしあわせだった。

淳の勤め先は天下茶屋の人形店で、松屋町から通うのだけれど、出張が多いというとおり家に戻らない日もあり、おさよさんにはよく判らない行動もあったけれど、これが男のくらしかと了簡《りようけん》して不服もいわなかった。まもなく妊娠し、それまで勤めていた京月をやめることになったとき、朋輩《ほうばい》たちが複雑な表情で、あんたそれでよろしいか、大丈夫か、と口々に念を押したが、後から思えば店の者はうすうす事情を察していたのではなかろうか。

人を疑うことを知らぬおさよさんは、淳がほとんど生活費をくれず、アパートを借りる金か

ら来るべき出産費用まで悉《ことごと》く自分の貯金で賄わねばならぬことについても少しも不審を抱かなかった。

近くの産院で女児を出産したあと、美恵と名をつけたその子の出生届を出しに行くと出たまま、とうとう淳が帰らなくなったあとも、おさよさんはまだ帰ってくる日を信じ切っているところがあった。

海沿いのあの月灘の、村中みんな顔見知り、気心まで判り切っている人たちのなかで育ったおさよさんは、いわば無菌室に住んでいたような状態だったから、都会の悪については何の抵抗力も持ち合わさなかったものであろう。

最初の出会いの日、珊瑚を見てまあきれい、と驚くおさよさんに淳は、

「珊瑚はピンクがいちばん高うて、白と紅は値がぐっと下る。あんた土佐の生れやいうのに、そんなことも知らへんか」

と教えたが、そのもののいいかたが如何《いか》にも頼もしく聞え、そのときからこの人を生涯心の柱にしようとおさよさんは心に誓い、その誓いを自ら破ることはしまいとがんばっていたふしがある。

産後一ヶ月あまり経った二月はじめのある日、おさよさんは赤ん坊に乳を飲ませ、おむつの洗濯をしてそれを窓に干していたとき、入口のドアを叩く音がした。アパートの管理人さんや

ろか、と思いながら気軽に開けたおさよさんの前に立っていた二人のその姿を、おさよさんは生涯忘れることはできない。

　青ざめた顔に乱れた髪、くたびれたトッパーを羽織った三十すぎの女は、これも弱々しそうな三つばかりの男の子をつれており、

「私は木下淳の家内でございます」

　と自ら名乗ったのである。

　おさよさんはそういわれても信じることはできず、嘘でしょう、嘘でしょう、をくり返していたが、座敷に上げて話を聞いてみるとそれが紛れもない事実であることが判ったときのおどろき、目の前が真暗になり、体ごと闇《やみ》の奈落へ陥《お》ち込んでゆくような感覚のなかで、さらに呆《あき》れたことにその女は、

「あのひとはしばらく戻らんさかい、うちら二人はあんたさんに養うてもらえ、とこんな手紙残して行かはりました」

　といいながら、あり合わせの紙に走り書きした淳の手紙をさし出した。

　こういうとき、女は逆上し、取り乱し、男をののしり、本妻だというその女と子供を直ちに叩き出すのがふつうだろうが、おさよさんは黙って淳の置手紙をひき裂き、窓のそばに立って行って干しかけのおむつの続きをやり始めたのだった。

女は小さなストーブに湯がしゅんしゅんと沸《たぎ》っている部屋に坐ったまま、男の子を膝《ひざ》に乗せ、問わず語りに、

「あのひとは独身の女性を見たらすぐに結婚しようというのがくせでしてなあ。いままでにももう何度こんなことがおましたやら。

他のひとは早うに気がついて別れましたんやけど、あんたさんとはご縁がおましたんやなあ。ときどき私に『土佐の女子はよう働く。情も深い』いうてました。いえ、同棲《どうせい》してるとか、そんなんは隠してただのお噂《うわさ》ですけどなあ。

私はもう長いこと腎臓《じんぞう》を患うてます。もともとその気《け》がおましたんやけど、この子生んでから悪化して、もう女房の勤めもできまへん。あのひとも私のような女房持ってますさかい、あんたさんにもご迷惑かけてしもうて」

と呟《つぶや》くようにいい続けながら、しかし決して立とうとはしなかった。

こんなことてあるやろか、とおさよさんは思いながら窓ぎわから台所に廻り、長いあいだ目の前の包丁を凝視し続けていた。

これであの女を刺す、そして自分も死ぬ、しかし子供はどうする、もちろん子供もいっしょに殺す、やれるか、やってみろ、と包丁に手をかけようとする意志はあるのに、おさよさんがしたことといえば茶道具を出して茶を入れ、黙って女の前にすすめたことだった。

夫婦でぐるになり、田舎者の自分をペテンにかけたと思えば刺し殺しただけではまだあきたりないほどの気持だが、体をぶるぶる震わせながらも最後の一線でそれをふみこらえていたのは、何も知らずすやすやと眠る赤ん坊の寝顔のせいだったろうか。

この子が生れたとき、母になった喜びとともに子に恥じぬ人生を送ろうと決意したことが思い出され、何が何でもこの子を立派に育て上げなければと、それが気をとりなおす誘い水となったところがある。

世のなかには変った人もあるもので、光子と名乗るその女は子供とともにその日からおさよさんの家に居坐ってしまい、いっかな出て行こうとはしなかった。

誰に聞いてもらってもこんな理不尽なはなしはないし、第一おさよさんの僅《わず》かばかりの貯金は出産後ほとんど尽きており、合わせて四人の口をどうやって養ってゆくべきか、めども立たなかった。京月の番頭にでも相談すれば、

「淳は警察へ捜索願いを出し、女房子供は生活保護を受けさせ、あんたは子供を預けてまたうちへ働きにおいでやす」

といってくれるかも知れないが、おさよさんはこのことを誰にも話さなかった。

替りに考えたのは、このつらい現実を忘れてしまえるような好きな仕事に全力を打ち込むことで、それは胸の内にひそむあのあこがれの珊瑚の細工物の売買であった。二十二歳になった

ばかりの、世間を多く知らぬ女の考えたことにしては珍しい選択だが、こういう場合、すぐ飛び込みがちな夜の商売をおさよさんが目指さなかったのは、もう男はこりごり、という思いと、土佐の女は口下手、と自分をよく見極めていたせいだったろうか。

大阪にも珊瑚の店はたくさんあるものの、こういう高価な品を扱うのには資産か信用かが必要なのが難関だったけれど、これに就ては京月の主人が保証人を引き受けてくれたのは大いに幸いだった。

十六の年に集団就職して以来、大阪中で頼る家は京月だけ、という二十二歳のおさよさんが珊瑚の訪問販売で成功したのは、彼女自身の珊瑚へのほれこみかたの深さだったのではなかろうか。

ビロードの箱におさまった帯止めやブローチ、タイピンやペンダントの品々を、おさよさんはいつもつくづくとよく眺め、眺めていると自分もようやく戻るべきところへ戻り、そこで故郷の海の波の音を聞いているような感じがし、そしていつのまにかその美しさに惹《ひ》き込まれてゆく。

月灘の加工屋はほんの小さな屑ばかりだったけれど、こちらでは一個何百万もする大きな枝の細工ものもあり、そのとろりと磨きあげられた肌をみつめていると、深い海の底に生い茂るというこの不思議な宝物の神秘さに打たれてしまうのだった。

口の下手な田舎者のおさよさんだったけれど、その誠実な人柄は誰にも好かれ、買った人は必ず知人を紹介してくれるところからだんだんとお得意が拡がって行った。

家ではいつのまにか、奇妙な光子母子《おやこ》との同居も馴染《なじ》み、毎月おさよさんの渡す生活費で光子は一切の食事の支度をしてくれるばかりか、赤ん坊の世話までしてくれ、何となく一家のふうができ上っている。

考えれば腹立ちの消えるわけはないが、それよりもいまは好きな珊瑚をいじる仕事に没頭できることで、過去の嫌な思いはどんどん捨て去って行こうと決めているのだった。

こうしておさよさんが一家を引きつれ、高知へ帰って目抜き通りの帯屋《おびや》町に店を出したのは昭和五十一年の春、三十四歳のときのことである。

セールスをしていると、どうしても自分で細工に手を染めてみたくなり、細工をするならやはりそれが名物の土佐で店を張るほうが万事につけ便利だと考えたからだった。

高知ではいま、春秋の二回、宿毛市で大規模の珊瑚原木の市場が開かれており、あぞう野には珊瑚会館まで新築されている。ここに出る原木は、もちろんもう月灘のものはなく、沖縄、台湾、フィリピン、地中海の産が並べられるが、おさよさんはそれを買うとき、ちょっとつばをつけて濡らし、海の底にあったときのいろを確かめることを忘れない。

いま帯屋町の珊瑚店沖山ビルの一階は店舗、二階はおさよさんが奔走して集めた職工さんたちの細工場、そして三階は家族の住居である。おさよさんは店員たちに光子のことを姉だと紹介してあり、子供たち二人も兄妹としてずっと仲よく育って来ている。

淳の行方などもう追いかけはせず、毎日飛行機で往復しては大阪のお得意まわりを欠かさないが、機上から下の海を見て、おさよさんはときどき、いうてみれば妾《めかけ》が本妻を養うなんてこんなケースは、世間にもそうザラにはないやろう、と苦笑いしながら、私もほんまに土佐の女やなあ、と思うのである。

おつうさんと一絃琴

今日は古い古い話をしてみとうなりました。

つい二、三日前の文化の日、私は例年のように床に白菊を生け、母の遺愛の一絃琴《いちげんきん》を弾こうとして居ずまいを正した瞬間、どうした拍子かくりっと音がして右足首を捻挫《ねんざ》してしまいました。

風もなくおだやかな秋日和、厚い座蒲団《ざぶとん》に坐っていて怪我をするというのは、正しく豆腐の角に頭打ちつけて死ぬのたとえどおり、我ながらあまりの腑甲斐《ふがい》なさにかえっておかしいくらいでございます。

考えてみれば私も本年とって七十七歳と相成りますので、一人で大声あげて一絃琴を弾きうたいするのはもう年寄りのひや水ぞね、と母があの世から意見をしてくれたものかも知れません。

土佐の女は皆一徹者《いちがい》でございますが、私もその先頭に立つほどいちがいを以て任じている者でございます。とり立てて意地を張るような理由は何もありませんのに、母の若い日の話を聞いてからというもの、母の命日には必ずこうして一人で一絃琴を弾いて手向けとしてきました。

一絃琴というのは、てのひらにかるがると載るほどの小さな胴に、たった一本の糸を張り、それを芦管《ろかん》というまるい管を両方の指にはめて弾くだけのひなびた楽器でございます。譜は十二のしるしがあり、ピアノのようにこの上を左手の芦管でおさえ、右手の芦管で糸をかき鳴らすと音が出るという、単純なものでございますが、それだけに覚えるのは早くても、上達するのはむずかしゅうございます。

それに歌詞も古いものばかりですので、娘はともかく、孫などは手も触れてみようとさえいたしません。私がお稽古《けいこ》しているとこの孫は、

「一所懸命聞いてあげよっても、すんぐねむとうなる」

などと申しまして、実際にうとうとする始末でございます。こんな退屈な音いろでも、他に娯楽のない昔は若い者みな熱中いたしましたそうで、とりわけ熱心な人たちが土佐人のなかに多くいたという関係で、土佐になおこうしてこの一絃琴が伝わっているのでございましょう。

私の母はやな、といい、高知市の東、香我美《かがみ》町徳王子《とくおうじ》の島崎家の一人娘として生れ、若い頃は徳王子小町と呼ばれた美しい人だったそうでございます。そうでございます、というのは、昔の人は地味好みで、私のものごころついたときの母は紅白粉《おしろい》はつけず、目立たない恰好《かっこう》をして奥にばかりいましたから、この人が人目をひく美人だったとは子供の目にも見えませんでし

た。

それでも、大へん身じまいのよい人で、人に乱れ髪を見せたこともなければ子供にさえ寝姿を見せたこともなく、いつもきちんと肩山に折目のついた着物を着ているというあんばいでしたから、こういう点ではやはり女の鑑《かがみ》たる人ではあったのでございましょう。

わりあいに富裕だった島崎家は郷士《ごうし》の株を買い、やなの父は藩邸勤めをしていましたが、幕末の頃から土佐へ一絃琴が流行《はや》って参りました。

一絃琴の発祥は、たぶん京都のお公家《くげ》さんあたりではなかったでしょうか。京都の土佐藩邸勤めの武士たちがつれづれにそれを習い、そのなかでとくに技倆《ぎりょう》ぬきんでた郷士門田宇平さまは、正親町《おうぎまち》中納言から師範代の許状をもらって土佐に帰り、高知市西町で塾をひらいたのが、いちばん大きい規模の一絃琴教習所だったそうでございます。

門田宇平という方はおだやかなお人柄だったそうでございまして、この塾へは主に当時の藩士の子弟たちが入門し、一時は百名にも達したと聞き及んでおります。

やなは父に連れられ、この宇平塾へ十六の年、入門いたしました。男ばかりの塾へよう入れたもの、と思いますが、何しろ一人娘でしたし、徳王子のような田舎にばかりこもって暮すよりは広い世間をも見せておいたほうがよい、とやなの父は考えたものでございましょう。

が、稽古に通うについては塾から家まで二十キロあまり、もちろん女の足で往復はできませ

ず、やなは毎度お抱えの人力車で通ったそうでございます。当時の人からすればこれは大へんな贅沢《ぜいたく》で、聞いた人は、

「ンまあ、お城下まで人力車でお琴の稽古に」

と呆《あき》れ、二の句が継げなかったと聞いております。

徳王子小町のお稽古通いは大きな話題になり、人力車の通る沿道にはやなを見んとて見物人がいつもずらりと並び、そのためにやなは真夏でも幌《ほろ》を下し、汗みずくになって通ったと申しておりました。

宇平塾の門弟には同じ徳王子村の藩士たちも加わっておりましたが、そのなかの松井正吉さま、隣村の谷清守さまは師匠と肩を並べるほどの腕を持ち、ときには代稽古などもいたしておりましたそうでございます。やなはこうして通うておりますうち、谷清守さまの次男同門の清方さまといつしか想い想われる仲となったらしゅうございます。

と申しましても、男女のへだてのきびしい昔のことでございますから、お稽古のゆきかえり、人目のない場所でちょっと下りて休むか、或はやなの人力車のわきに清方さまがついて走りながら交わすわずかな会話だけのもので、それもそうたびたび機会があったとは思えません。

が、それだけに二人の胸のうちはせかるる思い凝結し、なおいっそう強いものがあったのではありますまいか。言葉の約束はせずとも、将来夫婦になる誓いはお互いの胸にしっかりと立

てていたことでございましょう。

縁組については、清方さまは次男ですから島崎へ婿養子として入るのにさわりはございませんが、ここに松井家という存在が立ちふさがります。

松井家は徳王子村のなかで当島崎と優劣つけ難い旧家だったそうですが、昔、藩主山内の殿様が藩内ご巡視のとき、この松井家でご休息をされるようになってからは格式が上りました。邸《やしき》は村のなかでも最もよい場所にあり、宇多《うだ》の松原と呼ばれる海沿いの松林を一望のもとに眺められる小高い丘の上、芝生におおわれた石段を登りつめると門がふたつございます。

この右側の門が「御成門《おなりもん》」と呼ばれ、藩主さまだけがお使いになるものでふだんは固く閉ざされており、現在もなお残っております。こういう格式のある家のご当主はそれなりの教養を積まねばならないものでございまして、正吉さまは一絃琴のみならず、生花、茶道の教授免許をも持っていたと伺っております。

また江戸品川の土佐藩邸勤務の際は郷士兵隊中頭に任ぜられていたそうですから、文武両道に秀でた方だったのでございましょう。

谷家は徳王子とは隣合わせの野市《のいち》にあり、当主清守は近郷にも聞えの高い篤学の士で、谷一門といえば村人たちも皆頭を下げたということでした。この谷家と松井家は古くから母屋《おもや》分家の関係でつながっており、家風もどこやら似通っているところがある、といまでも知る人は中しております。

やなの父が娘の気持を察し、人を介して縁組の話をすすめておりますうち、困ったのは谷家と松井家とのこの深い関《かか》わりでした。

と申しますのは、同村の旧家同士、松井家と島崎とは遠い昔からずっと反目し合っており、両家ともに互いに末代まで縁組は相成らぬ、という家訓があるそうでございます。

私、いま島崎を継ぎ、娘に代を渡して隠居の身でございますが、そうでございます、という、あいまいないいかたしかできませんのは、私自身の目でそういう家訓のような書きつけは確かめたことがないからでございます。

何しろ古い家で、倉はふたつ、庭の隅に建っておりますが、土蔵の中は電気もなし、鬼が棲《す》むか蛇が棲むか、中へ入るのもおそろしゅうございます。主人も、島崎家十九代当主として一度中を改めて整理しようと申しておりますうち、急病にて亡くなってしまい、とうとう志を果さず終《じま》いでした。

まもなく孫の代になりますので、そのときは学者の先生方にもおいで頂き、中のものにすべて陽を当てようと考えておりますが、どうせ大したものも出て来はいたしますまい。

ただ、家の系図と財産目録のようなものは表座敷の地袋に納めてあり、これは家族の生と死ごとに書き加えて参りますし、また口伝えとして島崎ではこのしろという魚を食してはいけないということ、それに前記、松井家との縁組は家訓に背くということは残っているのでございます。

人間が月へも旅行できるほどひらけた時代、いまだにこんな古いいい伝えを守るのはお恥かしい次第ですが、狭い土地に先祖代々、また子々孫々まで暮してゆかねばならぬ人間にとっては、たとえ口伝であれ、家訓というものはおろそかにはできません。それを踏み破るものは家を絶やす覚悟あってのことでございます。

で、松井家と島崎との不通だけならば、谷家の清方さまを当島崎へ養子に迎えても、これは家として必ずしも快いとは申せずとも、直接家訓に触れることはありますまい。が、不幸なことに島崎同様、松井家も子宝はたった一人、それもどういうめぐり合せか、やなと同年のりえさまだったのでございます。

当然りえさまも年頃になれば婿養子の詮議《せんぎ》もいたしますし、そうなれば何を好んで遠くの他人を迎える必要がありましょう。家風もよく似た谷一門の清方さまなら、金箔《きんぱく》つきのよい婿どのでございます。噂《うわさ》ではりえさまもこの縁組を強く望まれたそうで、そうなれば島崎からの話など谷家では受け付けないのもことわりというものでございました。

それにしても腑に落ちないのは、りえさまがお年頃なのは最初から判っていたこと、洩《も》れ聞いたところでは、松井家では藩主さまの庶腹のご男子の方をご養子に願っているとの噂もございまして、谷家の当主も本家から清方さまにお話があろうとはまさか考えてもいらっしゃらなかったそうでございます。

それが突然、谷家との縁組を急いで来ましたのは、その藩主さまご男子の方がりえさまよりずっとお年下だったこともございましょうが、やはり当島崎のしあわせを手を束《つか》ねて黙って見過せぬ思いがあったのではございますまいか。

いえ、これは私のひがみばかりではないように思います。両家仲違《なかたが》いの原因は、遠い昔の水争いだったと申しますが、焼くと屍臭《ししゅう》のするというこのしろを島崎の家で決して食べないのも、このとき血を流すほどの争いがあったからだと察せられるのでございます。

おかしなことに、今日でも松井家と島崎はつきあいをしておらず、これは両家の小作人に至るまでいまなお両派に分れて村内の行事には悉《ことごと》く対立をいたしております。小作人などというものは戦後の農地改革により消え失せてしまったはずですのに、昔、両家についていたその人たちは孫の代になってまでもこの垣根をとり払ってはいないのはふしぎなほどのものでございますね。

松井家が清方さまとやなの縁組がすすめられているのを聞き、急きょりえさまとのお話をまとめたにちがいありませんが、しかし本人の意志など、何の足しにもならぬのが昔の結婚でございます。

清方さまとやなとの関係がどれほど深いものだったか、私にはそこまで判りませんが、たぶん手のひとつ触れずとも心だけはしっかりと結ばれていたのではございますまいか。

それだけに、やなの落胆ははた目にもむごくてたまらなかったそうでございます。一人娘で思うことのほとんどを叶《かな》えられて育ったやなでございますから、いちばん欲しい人を、それも一度は決まりかけていたものが破談になったのですから胸中察するに余りあるものがございます。

清方さまとりえさまの祝言はあわただしく挙げられましたそうで、そのあとどのくらい経ってからでしたろうか。やなのもとへ或る日、高知の町の細工屋から大きな包みが届けられました。

使いの者は差出人の名は知らぬといい、不審に思いながら荷を解いてみますと、それはまあ見事な細工の一絃琴だったのでございます。ふつう稽古琴には何の飾りもありませんが、演奏用のよい琴には競ってさまざまな意匠を施してたのしむのでございます。

その一絃琴には鴛鴦《おしどり》の模様が象嵌《ぞうがん》されてあり、しかも雄ただ一羽、落花を浮べた流水を胸で分けながらさびしそうに泳いでいる姿だったのでございます。

一目見て、やなには琴の贈り主が誰であるかすぐ判りました。

話がすこし外《そ》れますが、伊予出身の真鍋《まなべ》豊平さまは幕末における一絃琴を隆盛に導かれた一世の名人でございます。京都のお公家さま方をご指南遊ばしたばかりでなく、ご自身いく多の名曲を作られました。この方が晩年、西日本を行脚なされたとき、この松井家に足をとどめられ、しばらく土佐の琴士たちを指導なされていた時期がございました。

このとき、松井一門、谷一門はこぞって豊平さまの許《もと》へ集まりましたそうで、このとき豊平さまは「土佐の海」という後世に残る曲を作られたのでございます。

松井家の表座敷からは宇多の松原が望まれ、その景色を賞《め》でて作られたものといわれ、

〽土佐の海、底のいくりに生いいづる、珊瑚《さんご》の玉の玉なれや、赤きこころの貫之《つらゆき》の、大人《うし》のみことの住みましし、昔しのべば今もなお、その名は高く世にめずる、宇多の松原、打寄する、波の音清く見る目のたけし土佐の海原

この名作はずっと弾き継がれ、うたい継がれて今日でも土佐一絃琴の代表曲目のようになっておりますが、これまでのべましたようないきさつで当島崎ではこの曲はよほどでない限り演奏いたしません。

松井家の方々が作曲なされたものではなし、べつにかまいはいたしませんが、坊主憎ければのたとえで、松井家に逗留《とうりゆう》し、松井家からの風光をめでて作ったものに対してはやはり忌避の心情があるのでございましょう。

清方さまもそういうことはきっとご存知だったと思われますが、西町の宇平塾に通う道すが

ら、やなに教えてくれたは「鴛鴦《おし》」という曲だったそうでございます。

琴を手にもせず、口移しの伝授だったらしいのですが、それができましたのは二人ともお稽古がよく足りていたせいかと思われます。

〽さゆる夜に、寝覚めて聞けば鴛鴦《おし》ぞ啼《な》く、上毛《うわげ》の霜や払いかぬらん
たったこれだけの小曲ですが、前奏のよさ間奏のすばらしさ、そして霜降る夜、仲のよいおしどりの夫婦は互いに呼び合って安否を確かめ合うという、その情が涙のにじむような感じで伝わってくる作品なのでございます。

これはのちに完成した島田勝子さまの「土佐一絃琴正曲譜本」のなかにも入っておりますが、きっと清方さまは、豊平さまにじきじきお習いしたものではなかったでしょうか。

私、この曲を弾くたび、若き日のやなの姿が必ず目の前に浮び上って参ります。人目のない山道にかかるとやなは人力車から降り、今日お習いした曲の話などを清方さまとあれこれ交しながらきっと楽しそうに歩いたことでございましょう。

そして歩きながら教わる「鴛鴦」の曲は、近い将来、おしどりのように仲のよい夫婦になることの二人の誓いの言葉でもあったかと推察されるのでございます。

それだけに、送り主の名を伏せたまま届けられた琴に、雄のおしどりただ一羽だけあるのを見て、やなは清方さまから千万の言葉に勝る深い愛を告げられた思いがしたことでしょう。き

っと清方さまも、心に染まぬ結婚だったにちがいなく、婚約が定まった日、高知の町に出てよい細工師を選び、一絃琴二面を注文したことかと思われます。

そしておしどりの雄はやなに、雌は清方さま自身が持ち、終生かけてこの愛の思い出を大切に抱きつづけるつもりだったのではないでしょうか。

細工はとても精巧にできておりまして、あのおしどりの鮮やかな極彩色はそのままに、珊瑚、翡翠《ひすい》、象牙《ぞうげ》、水晶などを使っていきいきと再現されております。殊に翼の風切羽の一部、いちょうの葉のような部分が丁寧に仕上っていまして、これは一名思い羽、ともいうだけに、清方さまがとくに注文をつけられたのではないかと思われるのでございます。

嘆き沈んでいたやなは、このおしどりの琴をもらってからだんだんと元気をとり戻して参りました。たとえ添われずとも、この琴さえ手許にあればもう悲しまずともよいと了簡《りようけん》したものでございましょうか。

そして不思議なことに、夜更けてこの琴を出し、「鴛鴦」の曲をくり返し弾いていると、どこからともなく連れ弾きの音が聞えて来たと申します。やなはそれを、同じ村うちだから、きっとこちらの琴の調べが聞えはじめると清方さまも起き出して自分の雌のおしどりの琴を取り出し、一緒に合わせて弾いたのだと信じているようでございますが、私はそれはやなの幻聴か妄想だと思います。

同じ村でも松井家は海沿い、島崎は山沿いで、しかも中には高い丘がいくつもございます。いくら人が寝静まった夜更けとはいえ、聞える道理もありませんし、それにりえさまも一絃琴は達者な方でございます。夫が弾けば妻も合わせるのが当然ですから、もし万々一、風に乗ってやなの弾く「鴛鴦」の曲が聞えたとしても、清方さまは目を閉じ、寝床でじっと聞いていて下すったと考えるのが辻褄《つじつま》が合うというものでございましょう。

やなはまもなく、すすめる人あって養子を迎え、そしてつう、私をもうけました。

心に恋人を抱いている妻は男にとってはよい気分ではないと考えられますが、しかしやなは夫に対し、よく勤めたと思います。私の口から申すのもおかしなものですけれど、父は実直な、人を疑うことを知らぬような性格でしたし、母もそういう父の前に、古い傷は少しずつ癒《い》やされていったものと考えられます。

松井家とはずっと往き来なしで現在に至っておりますが、清方さまはその後県会議員に打って出られ、二期勤められたあとは乞われて徳王子村の村長の職にも就かれました。亡くなられたのはたしか昭和十年、と記憶いたしております。晩年は俳句三昧《ざんまい》のおだやかな日々だったそうで、そういう日々のなかにあのおしどりの琴を取り出して弾かれたかどうかは伺っておりません。

やなのほうも、琴を見て若い日ほどもう感情を露《あら》わにするようなこともなくなっておりましたが、しかし私にあの「鴛鴦」の曲だけはしっかりと教え、清方さまの逝かれたあと、ほど経て夫を送り、そして自分も十一月三日、白菊かおる明治節の日に亡くなりました。

松井家は、りえさまただちに男のお子さまに恵まれ、いまはその清憲さまのお代になっておりますが、私どもではふがいなくもやなに続いて私つう、そして娘ふゆ子と三代婿養子でございます。ま、ふゆ子の代でようやっと男の子を得ましたが、一絃琴の行方を考えますと、ふゆ子限りでこの島崎にも弾く者は絶えるのではありますまいか。

一絃琴は男が弾きはじめ、男に受け継がれて明治初期まで伝わってきましたが、宇平塾が無くなってしばらくののち、島田勝子さまが再興されてからはすっかり女の弾くものとなってしまいました。一本の糸で細々とかきならす小さな琴故、弾き手は女が似つかわしゅうございますが、しかし私のように、祖父などの弾く一絃琴を耳におぼえておりますものは、一本の糸だけに逆に男の方のほうが力強いような気がいたします。

私、母に教わっただけで名人でも達人でもなく、それをまた一種使命感のようなものでふゆ子に伝えましたけれど、孫となるともう威令行なわれません。

この子は早くからエレキに凝っていたこともあって、一絃琴など見向きもいたしませんし、中学生の頃、夏休みの宿題に、

「これいいね。短冊掛けにぴったりや」

といまにもぶっこわしそうな様子に私はあわてふためき、以後は厳にさわるべからずをいい渡したほどでございます。

こういう仔細《しさい》で、やなが亡くなりましてからずっと、日頃は怠けておりましても、文化の日には必ず「鴛鴦」の曲をくり返し弾いて母の供養として参りましたが、正座できなくなりましてはもう演奏はできないかも分りません。

ふゆ子となりますと、やなの気持にも少し遠くなりますようで、今日はそのさびしさから思わぬおしゃべりをいたしてしまいました。

時代の流れは、音楽をも人の思いをもだんだんと変えていくようでございますね。

おいねさんと狩山紙

昭和十七年の秋、吾川《あがわ》郡池川町国民学校六年生のおいねさんは級友とともに先生に引率され、高知市へ一泊の修学旅行に行った。

池川町は、用居《もちい》、安居《やすい》、狩山《かりやま》など近辺の村落を併せた地域の中心地で、町には住民の用を充たす店もあれば料亭もあるものの、何といっても四国山脈のなかの県境近い場所だから国鉄バスの通る予土国道まではまだ六キロ以上もある。

国民学校は町の下土居《しもどい》にあり、修学旅行はここから私鉄バスで予土線の大崎駅まで出、そのあと国鉄バスで九十九折《つづらおり》の山道を三時間近く揺られてやっと国鉄西佐川《にしさかわ》駅に到着、それから汽車で一時間ののち高知市に至るという長旅だけに、生徒のなかにはバスに酔う者もずい分と多かった。

それでも生れて初めての高知市では桂浜《かつらはま》と高知城に登って海というものを目の辺り見ることができ、一同はしゃいで旅館への帰途、級友の一人がある紙屋の店先を指さして大声を挙げた。

そこには大書した貼《は》り紙に、

「狩山の障子紙、入荷しました」

とあったのである。

池川町の隣部落狩山には紙を漉《す》く家はたくさんあり、生徒はその製品が高知市などに出荷されていることはよく承知のはずだったのに、旅の空の町の一角でこうしてその名をみつけると、まるで知人に会ったようにみんな感じたらしく、いっときわいわいと賑《にぎ》やかだった。

引率の先生は、

「狩山で漉く紙は丈夫で色が変らんそうだから、障子紙にすると三年保《も》つといわれます。毎年貼り替える手数が省かれるために、こちらでもひっぱりだこでしょう」

と説明してくれたが、何故《なぜ》かその言葉はおいねさんの耳の底にかっきりと残った。

おいねさんの家は小学校のすぐわきで散髪屋をしており、父親に体の弱い母親と弟二人の平和な家庭だったが、このとき狩山の障子紙に強い関心をかき立てられたのは、それをもっとも手近に見ていたせいだったろうか。

というのは、戦争で紙も増産を奨励されてはいても人手が足りないため、町の各戸に三椏《みつまた》の黒皮剝《は》ぎの労働を割り当てて来、おいねさんの家も朝夕、それにかからねばならなかったためだった。

どちらを向いても山ばかりのこの辺りでは、瘦地《やせち》によいといわれる紙の原料の楮《こうぞ》や三椏を作り、その木を刈り取って蒸してさらし、黒皮を剝いでのち白皮をソーダ灰で煮、叩いたトロロアオイと混ぜて作った溶液を紙に漉くのだが、いく工程もあるそのなかで素人にもできるのは黒皮剝ぎだけに、割り当てはいつもたくさんあった。

町内の世話役が触れてくると、手押車を引いて集会所へ行き、一束十キロ以上もあるそれをいく束も押しつけられてもらって来る。これを水にさらすのだけれど、よいことに池川の町は清流にかこまれており、おいねさんの家も裏の小川にしばらくそれを浸《つ》けておいてのち、黒い皮を削り取ってゆくのである。

黒皮剝ぎの方法は人によってちがい、台の上に楮をおき、ナイフを当てて引きしごいてゆくやり方と、そのナイフで少しずつてのひらの上にのせて削ってゆくやり方とがある。水を吸った楮はずっしり重くて持ち運びも大へんだし、この作業も馴《な》れない者はひどく肩が凝るので、体の弱い母親はいつも嫌がり、そのぶんだけまだ子供のおいねさんの肩にかかっているのだった。

こういう経験もあってのことだったから、高知の繁華街で見た貼り紙はいっそうおいねさんになつかしく思われたものであろう。

おいねさんはこのあと、同じ国民学校の高等科に進んだが、卒業を間近に控えたある日、頑健だった父親が仕事中に突然倒れ、わずか二、三日の患いで亡くなってしまった。

体の弱い母親が残り、頼りにしていた父親がさきに逝ってしまった家には貯えもあるわけはなし、途方にくれて思案の挙句にはおいねさんの働きにすがる他《ほか》はなく、まだ数え年十五歳のおいねさんにできることといえば、町の上土居にある招福亭という料理屋へ酌婦に入ることだったのである。

おいねさんは自分のその運命を別段みじめだとは思わなかった。高等科の同級生も、卒業後は皆それぞれ道を選んで働くことになっていたし、そのなかには高知市の料理屋へ行くはずの人もあり、そういう人に較べると住み込みとはいえ、親の近くで暮せるほうがしあわせだと思うのだった。

おいねさんが招福亭に入ったのは終戦の年の三月で、料理屋はもうほとんど休業の状態だったが、近くに安居銅山がある関係から裏口ではヤミでまだ細々と営業は続けていた。客は皆酒と料理は持参で、酌だけしてもらえばそれでよいということだったけれど、いざ客の前に出されてみると酌だけでよいどころではなく、叱られたり絡まれたりはよいとしても、露骨な言葉を浴びせられたり、体に触られたりするのはつらかった。

そのうち八月には戦争も終り、燈火管制も解け、ほんのわずかずつ景気も恢復《かいふく》して来て、招福亭も昔のように賑やかさをとりもどしつつあった。

若い者はすべて戦場に狩り出されたあとでは、こうした料理屋へ通って来る客は大てい年配者だったが、そのなかに丈吉さんという大尽があった。家は狩山で、この近辺の山という山はほとんど丈吉さんの持山だといわれており、吾川郡一の山林王だという。

若い頃から招福亭の一の上客だったそうだが、おいねさんが奉公し始めてからもほとんど毎晩店にあらわれ、ゆっくり盃《さかずき》を重ねては夜更けに六キロの道を山の頂上の家まで帰って行く。

金持ちは吝《けち》だという通り相場にちがわず、この人も店では「握りの丈吉さん」の名があり、この辺りでよく採れるとうもろこしで作った自家製の黍焼酎《きびしょうちゅう》とたくあんをぶらさげてやって来てはそれで飲み、女たちにチップをやったこともなければ席料までねぎるのだった。

おいねさんが招福亭に勤め始めて四年目の春、いつものようにやって来た丈吉さんに呼ばれてそばに侍《はべ》り、いまだにぎごちない手つきで酌をすると丈吉さんはいつになく、機嫌よく、

「お前、なんぼ経ってもこの商売に馴れんようじゃのう」

といい、おいねさんが赧《あか》くなって、

「はい、すみません」

とうつむくと、丈吉さんは突然おいねさんの手を握り、そしてしげしげと眺めて、

「ええ手をしちょる。仕事のできそうな手じゃ」

と撫《な》でてから、

「どうじゃ。わしの嫁にならんか」

といった。

おいねさんはびっくりし、思わず手をひっこめたが、そういえば丈吉さんは早くにつれ合いを亡くしていた由、誰かに聞いたことを思い出した。しかし酒の上の戯れかと思って笑ってその場をすませたところ、丈吉さんはほん気らしく、それ以来毎晩のように、

「わしの家へ来んか。不自由はさせやせんぞ」

と誘うのだった。

この話はたちまち拡まり、四十九歳の丈吉さんが十八歳のおいねさんに求婚したというニュースに町中は湧《わ》き、そして皆おどろいたり呆《あき》れたり、またおいねさんにさまざま忠告してくれる人もあった。

現在丈吉さんの家には老父母と今年二十の一人息子がおり、先妻は結核で亡くなっているが、その病気の原因は粗食と過重労働だったせいだという。一山の立木を売れば所得は高知県下でも十指のうちに入るほどのもの持ちだけれど、その生活のつましさは有名で、食べる物着る物、これ以下はあるまいと思えるほどだともいう。

先妻の過重労働というのは、丈吉さんの家も狩山紙を漉いており、その紙漉きに追われたためだそうで、そういう噂《うわさ》がある故にこれまで縁談があってもすぐこわれてしまうそうであった。

人は親切そうに、

「丈吉さんはおいねさんを、紙漉き女を雇うつもりでもらいたいのじゃろ。なんぼ山持ちというても、昼も夜も紙を漉かされよったら死んでしまうがおちよ」

といい、また相談した母親も、

「人さんのいうとおりじゃ。町で育ったお前に山仕事はできん。まして紙漉きはきついというきにのう」

と尻込みするのだった。

おいねさんは考えて、人のいうのは本当かも知れない、おそらく丈吉さんの家では労働力が欲しくて若い自分に目をつけたものであろう、とは判る。が、おいねさんは自分が水商売に向いていないことはよくよく知っており、ここから脱け出してさて他の仕事は、と考えるとそこでいつもゆきづまり、そのどうどうめぐりを繰り返して来たことを思うのだった。

それに、丈吉さんは年中怒っていはせぬかと思うほど不機嫌だし、年も二つしかちがわぬ息子もおり、また七十を越した舅姑《しゅうとしゅうとめ》の気むずかしさも近隣で評判だという。

どう考えても困難な結婚だけれど、しかしおいねさんは、不思議に紙漉きをさせられるということについて少しもおそろしいとは思わなかった。むしろ、一度黒皮剝ぎを経験しているだけに、自分であの三年保つという障子紙を漉いてみたいというひそかな誘惑もあった。

母親の心配をよそにおいねさんは丈吉さんの乞いを入れ、池川町から六キロも離れた狩山の、山のてっぺんにある丈吉さんの家へ嫁いで行ったのは十八歳の秋だった。

嫁入りの荷は何もなく、風呂敷包み二つを抱えたおいねさんを丈吉さんが案内して坂を登り、囲炉裏のそばで舅姑と息子に挨拶し、夕食をいっしょにしたのが二人の結婚式だったのである。

そのとき舅から、

「うちの親戚《しんせき》の中には、お前が町の飲み屋におった女やちゃうて嫌う者がようけおる。そのためにもよう働く嫁になってもらわんと困る」

といわれ、そうでなくては息子修一の嫁取りにもさし障る、としっかりいい含められたのをおいねさんは決して忘れていない。

覚悟はしていたものの、さてこの家の嫁となってみると日常は聞きしにまさるきびしさで、おいねさんは最初の二年間はほとんど泣き暮したといっていいほど苦しかった。

朝は暗いうちに起き、家中の洗濯物を片づけて朝食の支度をし、日中は勾配《こうばい》の急な山畑に出ては夕方、体が二つに折れるほどの重い荷を背負って下りてくる。

夜は藁《わら》仕事の夜なべがあり、三度の食事はすべてとうもろこしの挽割《ひきわ》りで、米など年のうち盆と正月くらいしか口に入れられなかった。夫は畑仕事には出るものの、夜は必ず黍焼酎の晩酌をやり、招福亭へは行かなくなったかわり、家で夜なべのかたわら、遅くまでおいねさんが相手しなければならぬ。

こんなつらい生活なのに、どうして逃げて帰らなかったろうか、と五十を越したこの頃になっておいねさんはよく思う。目を泣きはらしながらでもじっと辛抱しつづけたのは、あれはいったい何だったろうか。

人は財産目当ての結婚とそしったけれど、いまなお老衰の床に寝ながら財布はがっちりと丈吉が握っており、丈吉が死ねば修一が継いでおいねさんの自由になる金など一円たりともありはしないのである。

おいねさんはこれを、紙に惹《ひ》かれた運命、といまでは自分で思うことにしてある。この家の紙漉きは、おいねさんという若い労働力を迎えて楮、三椏の栽培を倍に拡げ、翌年の秋からおいねさんは舟を握ることになったが、最初、製紙溶液を漉舟にすくって揺り動かしたとき、そのあまりの重さによろよろしてしりもちをついてしまった。

この重量のために紙漉きさんは早くに腰が曲るといわれ、げんにおいねさんもいま季節によって腰痛に悩まされることがある。

馴れると舟の揺りかたの要領も判ってくるが、三年ほどはやはり漉舟が大きすぎて毎日格闘の感じだった。が、漉いた紙を重ねてその上に重しを置き、水を垂らしてのち貼り板に貼って庭に干し、乾いたそれを剝がすときの喜びは、紙の好きなものでなくては判るまいとおいねさんはいつも思う。

目が痛いほど真っ白に、むらなく漉き上った紙は嗅《か》ぐと何ともいえぬ健康な匂いがし、そして我が子のようにいとしいのである。一枚一枚よく吟味し、荷をしてはそれを池川町の取次所に出荷するのだが、おいねさんは紙の荷を送り出すたび、たった一度しか行ったことのない高知の町の、あの賑やかな通りの家々の障子にこれが使われるのかと思うと、何となく胸がいっぱいになる。

狩山の障子紙、入荷しました、の貼り紙を待ちかねていて買う人もあろうかと思うと、やはり丁寧に、丈夫な紙を漉こうと考えるのだった。

おいねさんが嫁いで二年目に修一が嫁を迎えることになり、候補者をめぐって長いあいだ揉《も》めたあと、同じ親戚うちからおちえさんという娘をもらうことになった。

家は山越しの向う側小川村で、くらしもこちらとよく似ており、やはり農閑期には紙を漉くのだという。

婚礼はたしか昭和二十五年の秋で、まだ諸物資も乏しかったけれど、おちえさんの嫁入り道具は近郷の話題になるほどたくさんで、そのなかには漉舟も入っているという話だった。つまりおちえさんは、来る早々からこちらで紙を漉き、婚家先に少しでも益をなそうというわけで、舅姑は殊の他よろこび、その反動でおいねさんがちくちくと皮肉をいわれたことはいうまでもない。

婚礼の当日、この家は蔵を開けて米、大豆、小豆、のとっておきを出し、それですしも作れば豆腐も炊き、ぜんざいまで添えるという大盤ふるまいだった。一人息子の婚礼ではあったろうが、嫁が来ればこの家の紙の生産量もぐっと増える、と家中誰もが考えていたのではなかったろうか。

馬に荷駄をつけ、本人はリヤカーに乗って山越しして来た花嫁のおちえさんは、偶然にもおいねさんと同い年の二十だったのである。

こうなると家のなかは複雑で、同い年ではあってもおいねさんはおちえさんの義母に当るが、夫の修一が「お母さん」とは決して呼ばないのに習って、おちえさんも姑をうやまう態度はとらなかった。

この家でおいねさんは女中以下に扱われており、おいねさんに対して横柄な口をきいたり、また無視したりしても誰もたしなめる者はいなかったから、おちえさんもそういう風にすぐ馴《な》染《じ》んだものであろう。

考えれば悲しいが、おいねさんはいつも心のなかで、私は紙さえ漉きよりゃええのや、人間と関《かか》わり合うのはめんどうくさいと思やええ、と了簡《りようけん》し、いつも黙々と製紙の作業に励んだところがある。

が、新嫁が珍しいのは最初のうちだけで、若い労働力はすぐに活用されねばならず、嫁入道具のなかから漉舟をとり出させて二槽の装置にし、紙を漉かせ始めたのは婚礼後一ヶ月ほどのちのことだったろうか。しかしさて始めてみると、おちえさんは全くの未経験で何も知らず、また紙漉きどころか農業もほとんどしたことのないのが判った。

この誤算の代償に舅はおいねさんに向って、

「お前にちえは預ける。早う一人前に紙が漉けるよう、きっちりと仕込んでやれ」

といい渡した。

おいねさんもまだ二年目で技術は充分でなかったが、舅の至上命令は拒むわけにいかず、すぐ下の日浦《ひうら》部落から同じ農家の嫁で熟練者を招いて二人で日がな一日、漉舟に取り組むことになった。

紙漉場はいつも下が水に濡れており、ただでも冷たいところへよい紙は水の冷たい十二月一月二月に漉かねばならず、手はあかぎれで血にまみれ、足腰は冷えて棒のようになってしまう。おいねさんはそのつらさを乗り切って来たけれど、苦労知らずのおちえさんには地獄の苦しみだったにちがいなく、よく背戸に出ては実家の空を眺め、

「帰りたい。うちへ帰りたい」

と泣いていたのをおいねさんは知っている。

この辺りからおちえさんの権高な態度は少しずつ和み、ときどき同世代の女同士としておい

ねさんに話しかけてくるようになったが、義理の親子として心をひらいてくれたのは翌年三月、おちえさんが流産したときからである。

それまでもおちえさんはよく実家へ帰りたがり、おそるおそる、

「お正月には里へ行《い》てもかまいませんろうか」

とか、

「節分には帰って来たい思いますけんど」

とか伺いを立てていたが、そのたびに舅はぴしゃりと、

「いかん。水の冷たいあいだは正月も節分もありゃせん。この時期に紙を漉かんでどうする？それほど里へ帰りたけりゃ、三椏の花が咲いてからにせい。その頃になりゃ紙漉きも一段落するきに」

ということで、おちえさんは黄いろい三椏の花が咲く三月末をどれほど待ちこがれていたことだったろうか。

その花もぽつぽつと咲き初め、念願の里帰りを控えたある日、おちえさんは突然流産してしまったのである。医者のある池川町まで、急坂を修一がおぶい、おいねさんが付き添って麓《ふもと》からはリヤカーで病院に行き、そのあと一週間の入院生活だった。

おちえさんの汚れものを洗い、ずっと付き添って三度の食事の用意もするおいねさんを、お

ちえさんは初めて「お母さん」と呼び、

「すみません、お世話かけて」

と礼と詫《わ》びをいうのだった。

二人ともまだ二十一歳で、子供が下りてしまった悲しみよりも、束《つか》の間《ま》でもこうして休養のとれることを有難く思い、そう話し合ったのは、同じ被害者同士という立場のせいだったものであろう。

この家でおちえさんよりは二年の長のあるおいねさんは、

「ま、あたしらの世になるまで辛抱するしかないわねえ。そういう日は死ぬまで来んかも知れんけんど」

と慰めたが、ついにその通り、女に紙を漉かせても財布は男から男へと渡り、女には自分の世というのはついにやっては来なかったのである。

ま、子供でも生れたら家のうちは変るかも知れん、とそのとき二人はいい合ったのだけれど、おちえさんもおいねさんも重労働がたたったのか、このとき以来、二人ともとうとう妊娠することはなかった。

二人はこれ以来、つらいことは話し合い、互いに慰め合ってずっと紙を漉き続けて来たのだが、近隣では「丈吉さんところのふた嫁さん」の漉く紙は評判で、町の取次所も待ち兼ねて引き取ってくれた。

しかし世が進むにつれて、苛酷な作業のわりに利益が極めて少ないのと、和紙の需要がぐっと減ったのとで紙漉きを廃業する家が年々増えてゆき、昭和四十年に入ってのちは、名物狩山紙を漉く家はわずかに二軒になってしまった。

これはおいねさんにとって悲しいことで、池川町から狩山の家に至る道のわき、どの農家も庭先に真っ白な紙の貼り板を干してあった風景はもう見られなくなったと思うと、しみじみと淋しくなる。

自分だけは最後までがんばろうと、しきりと腰痛を訴えるおちえさんを励まし励まし、

「昔はゴム長もゴムの前かけもなかったよ。いまは便利なもんができてぐっと楽になったやない？」

と続けて来たのだったが、去年五十歳になったのを境に、もう三椏の栽培をあきらめてしまったのである。

丈吉は床についていて手もかかり、修一も五十歳を越したのでは急坂に足をふんばっての三椏刈りもままならず、おちえさんも腰痛の治療に鍼《はり》医者に通う身ではもう刀折れ、矢尽きた感じだった。

今年の春、囲炉裏を閉じて縁側に出、四囲の山々を見渡しながらおいねさんは、

「ねえおちえさん、昔はここに坐って、早う三椏の花が咲かんかしらん、あの花が咲いたら紙漉きも終る、里へも帰れる、と楽しみに待ったもんやったけんど、うちが栽培をやめたらもうどこにも三椏の花は見れんようになってしもうた。喜んでええやら悲しんでええやら」

というと、おちえさんも、

「ほんまにそうや」

と声を合わせて笑うのだった。

おはるさんとやなせ杉

おはるさんが生れた大正五年の夏は、高知の町にコロリというおそろしい疫病が流行《はや》り、そのためにその年いっぱい、誰も村から外へは出なかった。

もっとも、ここは高知市を去ること三十余里、百三十キロも離れた安芸《あき》郡馬路《うまじ》村やなせという人里へだてた山中で、お城下、と呼ぶ高知の町まで出かけるのは一年に一度、あるなしというくらしではあった。

高知から室戸《むろと》岬への長い長い海岸線を辿《たど》ってゆくと、後免《ごめん》、野市《のいち》、赤岡、和食《わじき》に次いで東部いちばんの町安芸があらわれ、そこを越すと安田の町が見えてくる。この安田の町から山中深く分け入ってゆく林道が出ており、無蓋《むがい》のこのトロッコに乗ると、安田川に沿って鬱蒼《うっそう》たる森林地帯のなかをおよそ六十キロ、やっと馬路村の集落に着く。ここで乗り換えてさらに奥山に入ると、町とも呼べぬ小さなやなせ部落に辿りつくという、時間もかかれば危険も多い道のりだから、林業関係者以外の人は高知の町はおろか、安田の町さえたびたび出かけることはないほどだった。

高知県は一般に高温多湿、一年のうち百四十四日は雨が降るといわれる土地がらで、そのために木材の生育が早く、全国平均の伸び率二・四パーセントのおよそ二倍だといわれている。やなせは魚梁瀬、と書き、とくにこの地帯は四国山脈のなかの千メートル以上の高峰五山に囲まれている関係で昔から良質の杉、樅《もみ》、栂《つが》の樹林がすくすくと育ち、土佐の誇る森林の宝庫だった。

大部分は国有林だが、個人の所有もかなりあり、おはるさんの生れた誉田《ほんだ》家はこの辺りの地主の筆頭ともいわれるほど裕福だった。家は宇野竹に在り、山の斜面に建てられた瓦屋根《かわら》の立派な母屋《おもや》や、三棟並んだ白壁の土蔵は、藁葺《わらぶ》きの小さな家の多いなかでは目を見はるほどの威容だと人々はいう。

おはるさんが生れたとき、父の源蔵は五十一歳、母のみつは四十歳であった。

源蔵は家族運に恵まれないたちで、早くに両親を亡くしたあと、最初めとった妻にも死なれ、二度目とはうまく行かずに帰し、三度目のみつとの仲にはおはるさんの上に既に四人の子供を失っている。

人里離れた山中では医者など近くにはおらず、手を束《つか》ねたまま、空《むな》しく我が子の死を見送らなければならなかった源蔵は、一念発起し、万金を積んで安田の町から医者を迎え、誉田家に常駐させたが、おはるさんのすぐ上の姉も、それでいてなお且つ命を引きとどめられなかったところから、源蔵はまもなくその医者を解雇したという。

そのあと生れたおはるさんだけに、両親はこれでこの子が死ねば誉田家は血筋が絶えるとばかり、覚悟はしていたらしい。が、ふしぎにおはるさんは病気らしい病気もせず成長し、それだけに七歳の秋の背合わせ（七五三のこと）は大へんな祝いで、近郷まで話の種になったほどだった。

山のくらしでは米・餅・砂糖はぜいたくの部類に入るが、誉田家では小豆あんのたっぷり入った紅白の餅を十俵も搗《つ》き、使用人の端から乞食に至るまで配ったといわれている。何しろ源蔵の代で、七歳まで無事、子の育ったのは初めてだったし、みつももう子は望めない年だったから、おはるさんに託す希望は人にはいえないほど大きなものだったのではなかろうか。

ただ、こういう節目の祝いこそ思い切ってしても、誉田家の日常はごくつつましいものではあった。

源蔵にいわせると、山持ちは山の木を伐採し、売り払ったときこそ懐に金は入るが、それ以外の年は一般の労務者よりももっと貧乏じゃ、という話になり、その山の木も、我が手足を食いつぶすと同じ理屈故に、先細りのくらしと思わにゃならん、といつも家族を戒めるのだった。

それでもおはるさんを育てるについては金を惜しまず、医者こそ雇わなかったものの女中一人をつけ、いつも自分の目の届く範囲で遊ばせるよう気を配ったものだった。

女の子といえども、将来誉田家を継ぐ子だと思えば、源蔵はおはるさんの小さいときからやなせの美林について説き聞かせ、おはるさんはそれを子守唄のように聞いて育ったところがある。

源蔵の自慢は、土佐の木材は古くから全国に知られていたということで、県内の需要を充たすだけでなく、京大坂、江戸などに盛んに積み出されたことを、力をこめて話しする。豊臣秀吉が東山に大仏殿を建てたとき、日向材《ひゅうが》、木曾材、熊野材とともに土佐材が選ばれ、ときの領主長宗我部元親《ちょうそかべもとちか》はみずから指揮してやなせの杉を伐《き》り出し、供出したという。また伏見城も土佐材と木曾材が使われ、徳川幕府が駿府《すんぷ》築城の際は一万本のやなせ杉を用いただけでなく、こんにちに残る皇居、二条城、大坂城の修築には必ず用命があるそうだった。

源蔵がこういう話をしながら縁側に出て障子を開け払い、指さして教える四囲の山々は、真っ直の木故にすぎ、と命名されたとおり、天を摩して亭々とそびえる杉の美林におおわれ、その濃緑の起伏は誉田家の安定した将来を保証するかのようだった。

またあるときは、下草を刈る作業の見廻りにおはるさんを伴い、

「杉は日本にしか育たぬ木じゃ。建材より他に皮は屋根を葺き、葉は線香、やには絆創膏《ばんそうこう》になるし脚気《かっけ》にも効く。これほど役に立つ木は他にあるまいが」

と源蔵が我がことのように誇るのを、おはるさんは成長ののちもよく思い出したものだった。

おはるさんが学齢に達しても、その頃はやなせの部落には小学校はなく、はるばると馬路まで林道のトロッコに乗って通わねばならなかったが、源蔵は途中の危険を思うあまり、おはるさんを学校へ上げなかった。

何しろ粗板を打ちつけただけのトロッコは、下り坂でしばしば暴走し、軌道をそれて谷底へ落ちたり木に激突したりの事故が絶えず、そうでなくてさえ雨や風の日は乗ることができなかったから、やなせから馬路の小学校へ通う子はほとんどいなかったのである。

そのかわりおはるさんは、一週に一度、国有林の管理事務所へやって来る所長に読み書きを教わることになり、途中で所長が替って途切れたりまた再開したりしてこれが数え年十四の春まで続いたのだった。つまり生れて十三年間、やなせの家のまわりからは一歩も外へは行かなかったわけで、両親もそれを望んで育てたということがある。

昭和四年の春、おはるさんは安芸の町の県立安芸高女に入学した。

何しろ小学校へも行っていない学力で県立高女を受けるのは大へんなことだったが、将来誉田家に婿を迎えるとき、娘が女学校を出ているといないとでは候補者の格も違う、というのが源蔵の持論で、そのためにおはるさんは前年の秋から安芸の町に小さな家を買ってもらい、女中を招いてここで家庭教師について受験勉強をした。

何しろ家を離れるのは初めてのことで、何も彼《か》も珍しく、なかでも度胆を抜かれたのは安田の町に下りて見た海の広さだった。

かねて海の広さとおそろしさは話に聞いていたけれど、茫洋《ぼうよう》と拡がる青海原のすごさは何にたとえたらいいのか、美しく神々しく、そのくせ悪魔の牙《きば》を持っていそうで、波打際に近よることさえできなかった。安芸の町の家に落ち着いても、海鳴りの音が耳について当座は眠られず、おそろしい夢にうなされて目ざめたこともいく度かある。

山にも山の音はあり、夜ふけ、木々の梢《こずえ》を渡る風の音や、落葉の降る音、また名も知らぬ山のけだものの鳴き声の聞かれることもあるけれど、それを子守唄として聞いて育った身にはむしろ親しく、海鳴りの猛々《たけだけ》しさから較べればひどくなつかしかった。

安芸高女に通学し始めても、深山のなかで育ったおはるさんは容易にこの環境に馴染《なじ》めず、すぐ風邪をひいたり、また頭痛に悩まされ、このときから頭痛は生涯の持病になってしまった。

中途退学したい、と本人もしきりと思い、またそういう我が子を見て親たちもそれを願いつつ、やっと何とか卒業して山の家に帰った年から、当然のように縁談が持ち込まれ始めた。

何といってもやなせ長者といわれる山持ちの誉田家の家督を継ぐのだから、近郷の、それに見合う家の次男三男を推せんする人はたくさんあったが、源蔵はまず、婿の学歴を第一条件とした。

昭和初年に、高知から帝国大学へ進む青年というのは極めて稀《まれ》で、それこそ金の草鞋《わらじ》ものだったが、源蔵は頑として帝大出を望み、やっとそれが叶《かな》えられて祝言が挙げられたときにはおはるさんは二十四歳、源蔵は七十四歳だった。

婿の定一は室戸の網元の次男で、早くから秀才の誉れ高く、京都帝国大学卒業後は大阪の中学校に教師の職を得ていたのを源蔵が無理に乞い、誉田家に入ってのちも専門の法律の勉強は続けてよろしい、という条件でやっと承諾してもらったのだった。

おはるさんは婚礼の夜、初めて定一と顔を合わせたが、ひどく神経質そうで、話しかけるのもおそろしいような感じがした。

囲炉裏端で摂《と》る食事の膳が、ずっと親子三人だったものが四人に増え、賑《にぎ》やかになったと源蔵が喜んだのはどれだけの期間だったろうか。

定一は約束どおり、婿入りの荷に本を持ち込み、終日部屋にこもって読みふけるばかり、三度の食事に皆と顔を合わせてもほとんど口をきくこともなく、すぐまた自室の襖《ふすま》を閉め切ってしまう。

いくら研究は続けてもよい、と許しても、山林業の家を継ぐ身ならたまには山も見廻り、下使いの者とも接触してその心構えも見せて欲しいのに、こんなことではさきが思いやられる、と源蔵が不満を見せはじめ、そうなると家のなかは祝言当時とは打って替ってとげとげしくなってゆくようだった。

おはるさんは、父親と夫との仲に立ってずい分と気を使った、といえばそれは嘘《うそ》ではなくとも正しいとはいえない表現になる。夫とは少しも打ちとけず、夫婦らしい話をしたことはないが、それでも嫌いかといえばそうでもなく、しかし父親との冷戦で夫の肩を持つほど積極的でもなかった。

とうとう破局が来たのは結婚二年目の夏の土用で、この日はずっと谷の方にある作業場で伐り出した杉の皮を剝《は》ぐ作業があり、それより以前この春の彼岸まえ、杉の植林のため誉田家の縁故の者総動員で山に出たとき、定一が加わらなかったのに腹を据えかねていた源蔵は、やはり定一が杉皮剝ぎに下りてこないのを知って足音荒く家に戻って来た。

「定一、お前それでこの家の婿が勤まると思うておるか」

という怒声に対し、定一もこめかみに青筋を立てながら、

「僕は労務者の真似はできません。その約束だったはずです」

と激しく返し、そしてその晩、一人で山を下り実家に帰ってしまった。

仲人がトロッコに乗っていく度もあらわれ、その挙句、たくさんの本が木箱に詰めて運び去られるのを、おはるさんはただ黙って眺めていた。もう定一さんには二度と会えないと思うと、胸がはり裂けそうに悲しかったけれど、涙はこぼさなかった。

気丈で耐えていたわけではなく、めっきり老いた父親と、おろおろするばかりの母親もそれ

以上に可哀想に思えたからだった。

いくら長者でも、山賤《やまがつ》の身が帝大出の婿を望んだ報い、と馬路はおろか、安田の町まで誉田家のこの不幸の噂《うわさ》は拡がって行ったのではなかろうか。源蔵は以来鬱々とした日を送り、翌昭和十七年、七十七歳でおはるさんの身に心を残しながら他界した。

母親みつも六十六歳になっており、いまさらこの家の采配《さいはい》をふるうような女丈夫でもないところから、親戚《しんせき》縁者は皆、一日も早くおはるさんに婿をとるようにとすすめ、それも、学歴はもう要らぬ、婿に来たその日からこの家の仕事が継げるような、同じ山林業の家の子息がよい、と急ぎに急ぎ、源蔵の一周忌もすまないうち二度目の祝言が挙げられたのだった。

もう太平洋戦争も始まっており、五体満足の男が次第に少なくなってゆくなかで、こちらには二度目という引け目があれば選《よ》り好みはできず、土佐郡土佐山《とさやま》村からやって来た婿正武はおはるさんより十歳上の三十六歳という。

若い者は戦争に狩り出されるこの時節、年のことはいうまい、と母みつはこっそりおはるさんに耳打ちし、

「が、今度の婿さんはおそろしげなひとじゃのう」

という言葉におはるさんも同感だった。

一度結婚の経験がある、とだけで仲人もよく知らず本人も語らず、こういう男が何で誉田家

へ入婿に来たのかふしぎがる人もいたが、大黒柱の源蔵亡きあとは女二人、ものごとをきちんと処理する能力も持たなかったものであろう。

みつのいうおそろしげ、というのは、右目が少し斜視で、それが人を睨《にら》みつけるような感じを与えることと、酒が入らなければほとんど口を開かず、それに堂々たる体軀《たいく》の持主なのも威圧を感じる原因らしかった。

しかし正武はよく仕事はでき、戦争で日々労務者の減ってゆくのを自らの労力で補い、人の嫌がる下草刈りなど、先に立ってやるのだった。

戦争は日ましに苛烈さを加えていったが、年からいって召集は免れる可能性はあり、また木材さえあれば大ていのヤミ物資は手に入ったから、おはるさんの生涯で、この二、三年がいちばんしあわせだったのではなかろうか。

ただ、正武という夫の性格がおはるさんには充分つかめず、いつもみつと二人肩を寄せ合っては、

「まあ家のこともやってくれるし、これ以上望むのは無理よねえ」

と話しては、しばらくの家の平安をよろこんでいた感があった。

終戦の年、みつは亡くなり、いよいよ頼る者は夫一人になったときから、おはるさんは自分が激浪に翻弄《ほんろう》されるような感覚を抱くようになってゆくのだが、それに対しておはるさんには

止めるべき手段は何もなかった。

最初の試練は昭和二十三年の秋、突如正武の死に遇《あ》ったときで、死因は酒に酔って谷に落ちるという、あまり世間に吹聴《ふいちょう》したくないようなことだったのである。

正武の酒好きなのはよく判っており、戦争中酒の配給が少なくなると、ひそかに山の中に横穴を掘ってどぶろくや黍焼酎《きびしょうちゅう》を作って飲んでいたが、終戦後はその仕掛けを大きく拡げ、手広くヤミ酒の商売を始めたこともおはるさんは知っていた。

家にはいつも運び屋が出入りし、絞ったばかりのスマシを一升ずつ氷嚢《ひょうのう》に入れて固く口を締め、腹に巻いては帰ってゆく。家のなかには常時酒の匂いがぷんぷん漂い、飲めないおはるさんはその香に酔ってふらふらすることも多かったが、正武は上機嫌だった。

片ときも体から離さぬ毛糸の腹巻きのあいだから、しわだらけの新円を取り出し、銭勘定するときのうれしそうな顔は、おはるさんの前ではかつて一度も見せたことのないものだけに、ほとほと呆《あき》れながらも珍しく思って眺め入ったことを覚えている。

飲み友達も多く、その夜も奥の林道の事務所に詰めている労務者たちのもとへ一本背負って出かけたもので、遺体の発見されたのは二日のちのことであった。

このとき検屍《けんし》に来た巡査が、いままで大目に見てくれていた人と交替したところからヤミ酒作りが摘発され、多額の罰金を払うことになったのだが、おはるさんは預金通帳のありかさえ知らなかった。信じられないことかも知らないが、おはるさんは正武の死まで、自分が金というものに触れたのは、昔、女学校の月謝を月々納めたときだけだったという。

誉田家には当然親戚もあるわけで、一人ぼっちになったおはるさんの後援に父源蔵の兄弟衆もやっては来たが、皆財産の分け前は欲しくとも、正武の残した借財や罰金まできちんと始末してくれるような器量のある人はいなかった。

そのなかで、源蔵の腹違いの弟にあたる者の子で進、という目ざましい若者がいて、これがすべてを取りしきってくれたのはおはるさんにとってこの際何より有難かった。

進は、ことし厄年のおはるさんよりは八つ年下の二十五歳、終戦の前年召集を受け、復員して来てからは家業の運搬業を手伝ったり、また気が向けば誉田家にもあらわれてヤミ酒を背負って商いなどし、これという定職はいまだに持っていなかった。

万事に気が利き、尻軽に動いてくれる進の働きで無事正武の葬式も済ませ、金銭の問題もやっと解決したとき、進はいつのまにか入婿になってこの家に根をおろし、おはるさんもまた、進がいてくれなければ今日という日が越せないように思い始めていたのである。

世間の人は、

「おはる坊は亭主の四十九日も済まんうちから若いのをひっぱり込んじょる」

と噂し合ったが、そういう話は相変らず家から出ないおはるさんの耳には届かなかったし、もしや届いても、それに対して抗議するような気力の持主ではないのだった。

二人の結婚を、進の両親でさえ、

「あの六方もん、さきゆきおはるさんを泣かすようなことにならにゃあええが」

と案じていたというが、それだけに最初から大きな危惧《きぐ》を持って見られていたらしい。

六方もん、と両親もいうとおり、進は気性激しく、遊び好きで、とくに博奕《ばくち》にのめり込むとことんまで打つという悪癖の持主だった。新婚一年も経たぬうち進はときどき長期間にわたって家を空けるようになり、その行方といえば、安芸の町はおろか高知まで遠征して賭《か》けごとを追いかけるのだった。

酒も強く女遊びももちろん好きで、その上、

「俺あやなせ長者の誉田じゃ。金はうなるほど持っちょる」

と豪語すれば、欲に目のくらんだ連中が寄って来ないのがふしぎなくらいのもので、この結婚を機に、誉田家の家督は坂道を転げ落ちてゆくのである。

進の遊興費のため持山が次々と売られてゆくのを、おはるさんはただ黙って見守るばかりだった。

頼る者が欲しくて結婚したのだけれど、相手はほとんど家におらず、たまに戻って来ると思えばそれは金策のための山林の権利書を取るためであっても、おはるさんはべつに進に怨《うら》みを

いうでなく、また自分の運命を嘆くということもなかった。

三度の結婚が一度として酔い痴《し》れるような幸福感をもたらさなかったのも、自分に子供がないため、というふうに考えることもなく、また何故子供に恵まれないのか、それについてさえ真剣に思い悩んだこともないのだった。

進の放蕩《ほうとう》は一向になおらず、それでも誉田家の財産は結婚後何と三十年余も持ちこたえるだけの力はあった。木材が年々値上りしたこともあったし、進もときにはさきゆきの不安を考えて博奕を控える期間も多少はあったものであろう。

一人家の縁側に出、おはるさんが眺める鬱蒼たる美林が年々、見るも無残な赤土の禿山《はげやま》になってゆくのを、おはるさんは何となく、こうなる運命を自分はとうに予知していたのではないかと思うこともあった。

親戚からは見放され、家に出入りの使用人も次第に減ってゆくさびしさを、おはるさんは自分に似合った境涯のように考えていたのではなかったろうか。

進が五十七歳の正月、おはるさんの前で首を垂れ、誉田家の山ももうあとわずかになった、ついてはこれをかたにカジノに出かけて乾坤一擲《けんこんいってき》の勝負をして来たい、勝算はあるので待っていて欲しい、といい残してアメリカへと発って行った。

進の胸のうちにも、老いとともに悔いが芽生え、一億近い金に最後の夢をかけたらしいが、そんなことが成功するはずもなく、それっきりこのやなせの、おはるさんのもとへは帰ってこなかったのである。

それでもおはるさんは、なお一人で二年を何とか生きたが、昨年、福祉事務所の職員に伴われていく十年ぶりかでとうとう山を下りることになった。安芸の町はずれにある老人ホームに収容されるためだったが、おはるさんはこのとき初めて抵抗し、山を下りたくないといって泣いた。

あのおそろしい波の音を聞きながら暮すなんて、とても耐えられないと考えたからだった。しかし進はこの誉田家の、それこそかまどの灰までもすべて抵当に入れ、おはるさんの持物とて何ひとつないような状態にして去って行っていたのだった。

いまおはるさんは、老人ホームの陽だまりに坐り、はるかに青海原を見おろしながら、この海はすべて、かつてのやなせ杉でおおわれた我が家の山々の緑だと思うことにしてある。そう思えば汐鳴《しおな》りも山の音に聞えるし、何より六十八歳からの自分の人生もわずかながらふくよかな夢に彩られてくるのである。

これがおはるさんの生涯でただ一度だけ、自ら了簡《りようけん》した処世のすべといえようか。

あとがき

楊梅《やまもも》は、あたたかい潮風の吹く太平洋岸に育つ木ですが、その実を珍重して食べるのは高知県だけではないでしょうか。

毎年梅雨の頃になると、楊梅売りの声が町に流れる南国の土佐の下町に、私は生れて四十年住み、暮しました。

『ミセス』編集部から土佐の四季を、という依頼があったとき、私は単なる土佐の風物だけでなく、私の体のなかにも流れている土佐の女性の血と情熱を、それらに託して描きたいと思いました。

小説のようでいて小説でなく、ルポのようでいてルポでないという形式をとり、『ミセス』に昭和五十六年一年間連載したのがこの本です。末尾の一篇はあとから書き加えました。

酒、料亭、おへんろさん、日曜市、長尾鶏《ながおどり》等々、昔から伝えられて来た土佐の名物と、それにからんだ女性の話を描いてみたのですが、モデルについてはあったりなかったり、しかし全く土佐の現実から遊離しているというような話はありません。たとえ私の空想の所産にしろ、土佐在住四十年のあいだに、自然に見聞きしたいろいろな女性の生きかたがその根底に横たわっているからです。

従来の私の文章からいえば、こういう形式は一種のヴァリエーションかも知れませんが、ここに登場した十三人の主人公を含めた土佐の女性が私は大好きなのです。小説だけでなく、あらゆる形式に挑んで描きたいし、また今後も描き続けて行くことでしょう。

それにしてもこの楊梅、保存が大へんむずかしくて東京への空輸でも駄目なのです。読者の方に実物をお見せできないのが何より残念でなりません。

昭和五十七年五月

宮尾登美子

P+D BOOKS ラインアップ

居酒屋兆治	山口 瞳	● 高倉健主演映画原作。居酒屋に集う人間愛憎劇
血族	山口 瞳	● 亡き母が隠し続けた私の「出生秘密」
家族	山口 瞳	● 父の実像を凝視する『血族』の続編的長編
江分利満氏の優雅で華麗な生活 《江分利満氏》ベストセレクション	山口 瞳	● 〝昭和サラリーマン〟を描いた名作アンソロジー
血涙十番勝負	山口 瞳	● 将棋真剣勝負十番。将棋ファン必読の名著
続 血涙十番勝負	山口 瞳	● 将棋真剣勝負十番の続編は何と〝角落ち〟

P+D BOOKS ラインアップ

夢の浮橋　倉橋由美子　●両親たちの夫婦交換遊戯を知った二人は…

われら戦友たち　柴田 翔　●名著「されど われらが日々――」に続く青春小説

公園には誰もいない・密室の惨劇　結城昌治　●失踪した歌手の死の謎に挑む私立探偵を描く

山中鹿之助　松本清張　●松本清張、幻の作品が初単行本化！

白と黒の革命　松本清張　●ホメイニ革命直後　緊迫のテヘランを描く

花筐　檀 一雄　●大林監督が映画化、青春の記念碑作「花筐」

P+D BOOKS ラインアップ

人間滅亡の唄　深沢七郎　●〝異彩〟の作家が「独自の生」を語るエッセイ集

アニの夢 私のイノチ　津島佑子　●中上健次の盟友が模索し続けた〝文学の可能性〟

楊梅の熟れる頃　宮尾登美子　●土佐の13人の女たちから紡いだ13の物語

記憶の断片　宮尾登美子　●作家生活の機微や日常を綴った珠玉の随筆集

幼児狩り・蟹　河野多恵子　●芥川賞受賞作「蟹」など初期短篇6作収録

ウホッホ探険隊　干刈あがた　●離婚を機に始まる家族の優しく切ない物語

P+D BOOKS ラインアップ

海市	福永武彦	●親友の妻に溺れる画家の退廃と絶望を描く
風土	福永武彦	●芸術家の苦悩を描いた著者の処女長編作
夜の三部作	福永武彦	●人間の〝暗黒意識〟を主題に描く三部作
夢見る少年の昼と夜	福永武彦	●〝ロマネスクな短篇〟14作を収録
加田伶太郎 作品集	福永武彦	●福永武彦〝加田伶太郎名〟珠玉の探偵小説集
廃市	福永武彦	●退廃的な田舎町で過ごす青年のひと夏を描く

P+D BOOKS ラインアップ

ヘチマくん　遠藤周作　●太閤秀吉の末裔が巻き込まれた事件とは?

フランスの大学生　遠藤周作　●仏留学生活を若々しい感受性で描いた処女作品

春の道標　黒井千次　●筆者が自身になぞって描く傑作〝青春小説〟

裏ヴァージョン　松浦理英子　●奇抜な形で入り交じる現実世界と小説世界

快楽(上)　武田泰淳　●若き仏教僧の懊悩を描いた筆者の自伝的巨編

快楽(下)　武田泰淳　●教団活動と左翼運動の境界に身をおく主人公

P+D BOOKS ラインアップ

残りの雪（上）	立原正秋	● 古都鎌倉に美しく燃え上がる宿命的な愛
残りの雪（下）	立原正秋	● 里子と坂西の愛欲の日々が終焉に近づく
剣ケ崎・白い罌粟	立原正秋	● 直木賞受賞作含む、立原正秋の代表的短編集
サド復活	澁澤龍彦	● サド的明晰性につらぬかれたエッセイ集
マルジナリア	澁澤龍彦	● 欄外の余白（マルジナリア）鏤刻の小宇宙
玩物草紙	澁澤龍彦	● 物と観念が交錯するアラベスクの世界

P+D BOOKS ラインアップ

都心ノ病院ニテ幻覚ヲ見タルコト　澁澤龍彦　●　澁澤龍彦が最後に描いた〝偏愛の世界〟随筆集

秋夜　水上勉　●　闇に押し込めた過去が露わに…凛烈な私小説

五番町夕霧楼　水上勉　●　映画化もされた不朽の名作がここに甦る！

やややのはなし　吉行淳之介　●　軽妙洒脱に綴った、晩年の短文随筆集

焔の中　吉行淳之介　●　青春＝戦時下だった吉行の半自伝的小説

男と女の子　吉行淳之介　●　吉行文学の真骨頂、繊細な男の心模様を描く

P+D BOOKS ラインアップ

人喰い	笹沢左保	●心中現場から、何故か一人だけ姿を消した姉
天を突く石像	笹沢左保	●汚職と政治が巡る渾身の社会派ミステリー
剣士燃え尽きて死す	笹沢左保	●青年剣士・沖田総司の数奇な一生を描く
前途	庄野潤三	●戦時下の文学青年の日常と友情を切なく描く
魔界水滸伝 1	栗本 薫	●壮大なスケールで描く超伝奇シリーズ第一弾
魔界水滸伝 2	栗本 薫	●〝先住者〟〝古き者たち〟の戦いに挑む人間界

P+D BOOKS ラインアップ

魔界水滸伝3　栗本 薫
● 葛城山に突如現れた〝古き者たち〟

魔界水滸伝4　栗本 薫
● 中東の砂漠で暴れまくる〝古き者たち〟

魔界水滸伝5　栗本 薫
● 中国西域の遺跡に現れた〝古き者たち〟

魔界水滸伝6　栗本 薫
● 地球を破滅へ導く難病・ランド症候群の猛威

魔界水滸伝7　栗本 薫
● 地球の支配者の地位を滑り落ちた人類

魔界水滸伝8　栗本 薫
● 人類滅亡の危機に立ち上がる安西雄介の軍団

P+D BOOKS ラインアップ

魔界水滸伝9　栗本薫
●雄介の弟分・耕平が守った〝人間の心〟

魔界水滸伝10　栗本薫
●魔界と化した日本、そして伊吹涼の運命は…

魔界水滸伝11　栗本薫
●第一部「魔界誕生篇」感動の完結！

魔界水滸伝12　栗本薫
●新たな展開へ、第二部「地球聖戦編」開幕！

魔界水滸伝13　栗本薫
●〝敵は月面にあり！〟「地球軍」は宇宙へ

魔界水滸伝14　栗本薫
●アークが、多一郎が…地球防衛軍に迫る危機

P+D BOOKS ラインアップ

魔界水滸伝15　栗本薫　●魔都・破里へ！勇士7名の反撃が始まる

魔界水滸伝16　栗本薫　●異界の地平に七人の勇士が見た〝暗黒都市〟

魔界水滸伝17　栗本薫　●人界と魔界が遊離！その時安西は仇敵の元に

魔界水滸伝18　栗本薫　●記憶を亡くし次元を転移していく安西雄介

魔界水滸伝19　栗本薫　●ついに魔界は飛散し、人界との絆は途切れる

魔界水滸伝20　栗本薫　●絢爛たるSF巨編第二部「地球聖戦編」完結！

（お断り）

本書は１９８６年に新潮社より発刊された文庫を底本としております。
あきらかに間違いと思われるものについては訂正いたしましたが、
基本的には底本にしたがっております。
また、底本にある人種・身分・職業・身体等に関する表現で、現在からみれば、
不当、不適切と思われる箇所がありますが、著者に差別的意図のないこと、
時代背景と作品価値とを鑑み、著者が故人でもあるため、原文のままにしております。

宮尾登美子（みやお とみこ）
1926年（大正15年）4月13日―2014年（平成26年）12月30日、享年88。高知県出身。1979年『一絃の琴』で第80回直木賞を受賞。代表作に『天璋院篤姫』『藏』など。

楊梅《やまもも》の熟れる頃

2017年12月10日　初版第1刷発行
2023年8月30日　第2刷発行

著者　宮尾登美子

発行人　石川和男
発行所　株式会社　小学館
〒101-8001
東京都千代田区一ツ橋2-3-1
電話　編集　03-3230-9355
販売　03-5281-3555
印刷所　大日本印刷株式会社
製本所　大日本印刷株式会社
装丁　おおうちおさむ(ナノナノグラフィックス)

ISBN978-4-09-352324-0

P+D BOOKS